QUE LA VIE EST DOUCE
À L'OMBRE DES PALMES

DU MÊME AUTEUR
VOIR EN FIN DE VOLUME

CHRISTIAN JACQ

QUE LA VIE EST DOUCE À L'OMBRE DES PALMES

Dernières Nouvelles d'Égypte

EDITIONS

© XO Éditions, Paris, 2005
ISBN : 2-84563-222-3

Notre Orient n'était pas seulement un pays et quelque chose de géographique, c'était la patrie et la jeunesse de l'âme, il était partout et nulle part, c'était la synthèse de tous les temps.

Hermann Hesse, *Le Voyage en Orient*

QUE LA VIE EST DOUCE
À L'OMBRE DES PALMES

Après avoir sillonné la planète pendant vingt ans, j'avais décidé de réussir un dernier coup avant de poser mes valises.

Bien entendu, le grand patron de la World Inc. House n'était pas informé, pas davantage que son directeur du développement, Paul Byge, un grand type d'apparence molle, moins sensible que du béton armé.

Byge n'avait qu'une idée en tête : dénicher les plus beaux coins de notre vieille terre pour y implanter des hôtels de luxe réservés à des milliardaires en quête d'exotisme. Grâce à moi, cette délicieuse activité était devenue l'une des branches les plus rentables de la World Inc. House, qui contrôlait une part énorme des transactions immobilières haut de gamme dans le monde.

Le monde... Une orange pelée en train de pourrir. À certains endroits, l'odeur devenait même insupportable. Quand je m'étais lancé dans l'aventure, c'était pour découvrir du pays, goûter mille et une cultures, sortir de la prison étroite où nous sommes tous nés.

La veille de mon dernier départ de conquérant, les

« étudiants » islamistes d'Afghanistan, les talibans, ont fait sauter à l'explosif les bouddhas géants de Bamiyan, dont la présence rappelait qu'il y a longtemps, très longtemps, la sérénité était le but de l'existence humaine. Dans les médias, on en a un peu parlé. Pas trop, parce qu'il ne s'agit que de statues en pierre et de la disparition d'une sagesse sans dogme ni fanatisme. Il y a sûrement des sujets beaucoup plus importants.

Pour moi, ce fut le coup de grâce. Entre la lâcheté et l'hypocrisie, je n'arrivais plus à me faufiler. Prendre mon dernier avion professionnel fut un véritable plaisir. Quand ma mission sera terminée, j'irai me planter au bout de nulle part, à l'un de ces endroits sans intérêt où l'on dort autant le jour que la nuit. Le choix était vaste.

Pour l'heure, c'était le Moyen-Orient.

Avec ses excès, il n'avait rien de Moyen. Et, de l'Orient, il ne lui restait plus beaucoup de magie. Mais il détenait encore un avantage qui faisait saliver Paul Byge : le désert.

Les pays qui en possédaient de bons morceaux ne les voyaient pas comme des rêves de touristes, plutôt comme des dépotoirs où l'on pouvait enterrer des déchets de toutes sortes, bidons rouillés, carcasses de voitures et autres résidus du progrès.

Toutefois le désert était suffisamment grand pour abriter encore quelques endroits inaccessibles à la masse.

Et c'était l'un d'eux que j'avais repéré aux confins de la Libye, dans une zone très mal connue.

★

Quand mon petit avion se posa sur l'« aéroport » de Boufra, j'en pris plein les yeux.

Rien n'était moins plat que ce désert-là. Avec ses collines pierreuses et ses dunes mouvantes, il se protégeait et se refusait. Boufra était une verrue que le sable tentait de recouvrir. Sans l'arme déloyale du bulldozer, l'homme aurait été vaincu. Mais la machine finirait bien par rouiller.

À peine les moteurs étaient-ils coupés que mon portable sonna.

— Bien arrivé ? demanda Byge.

— On ne peut mieux.

— Grouillez-vous, mon vieux. J'ai tout ce qu'il nous faut : les autorisations et le matériel. Vous m'indiquez l'endroit exact, et la logistique suivra.

— Laissez-moi quand même une minute pour dresser un plan.

— J'ai encore un vague ministre à acheter. Ça vous laisse une semaine. Après, on attaque. Rentabilité maximale à l'horizon.

Bel horizon.

Ne plus entendre cette voix glacée et menaçante comme un iceberg était déjà un bonheur. Malheureusement, le moule à névrosés fonctionnait à plein régime, et j'avais déjà un autre exemplaire devant moi, avec son uniforme à peine poussiéreux.

Celui-là, c'était l'administration qui faisait semblant d'administrer, avec son cahier et ses tampons. Même soudoyé, même avec des ordres venus d'en haut, il fallait pourtant qu'il se prouve à lui-même sa propre importance.

En Europe, en Asie, en Afrique et partout ailleurs, le même modèle.

D'abord, être poli, comme s'il s'agissait d'un être humain, doté de toutes ses facultés. Ensuite, savoir attendre. Si ça s'éternise, lui parler de son chef. Si ça s'aggrave, du chef de son chef. Enfin, rajouter la somme nécessaire et se quitter bons amis.

J'avais la somme nécessaire, prévue par Byge.

Le 4×4 presque neuf était donc à ma disposition, avec des papiers en règle et un chauffeur.

Les papiers vérifiés, je soulevai le capot : il y avait bien un moteur.

— Tu es du coin ?

— Ça dépend pour qui, répondit le chauffeur.

— Mon point faible, c'est que je suis pressé. Mon point fort, c'est que je dispose de beaucoup d'argent. Cent dollars pour commencer, avant même que tu touches le volant, ça devrait faire de moi ton meilleur ami, non ?

— Il faudrait en rajouter cinquante et ne pas baisser le pied après.

— Tope là.

Mahmoud était un professionnel. À bord, il ne manquait rien, et il y avait la place voulue pour mon matériel.

Mahmoud savait conduire sur un terrain constamment changeant, tantôt bosselé, tantôt mou. Évitant les semblants de piste, il ne tombait pas dans le piège de la ligne droite et n'hésitait jamais sur le chemin à suivre.

Au bout de deux heures, il s'arrêta.

— On y est.

Le lit d'un oued asséché, une butte rocailleuse battue par le vent, un sable terne... Rien de très excitant.

— Ça ne peut pas être là.

— C'est là.

Je montrai ma carte à Mahmoud et lui demandai de me préciser l'itinéraire qu'il avait suivi.

— C'est là, répéta-t-il, et j'ai pris le meilleur itinéraire.

L'explorateur Colona, dont un ami archéologue

m'avait fait découvrir le carnet de voyage inédit, parlait d'une oasis environnée de sables ocre, à la douceur incomparable. Tout cela n'avait pu disparaître en quelques décennies.

— On rentre à Boufra.

— L'endroit ne vous plaît pas ?

— On rentre.

Des menteurs comme Mahmoud, j'en avais connu quelques centaines. Il m'avait amené n'importe où pour exiger une augmentation qu'il partagerait avec son chef.

Si l'on cédait, on devenait leur pion. Et le jeu, dont eux seuls connaissaient les règles, n'avait plus de fin.

Mahmoud conduisit plus vite, avec un sourire satisfait.

— Demain, on fait quoi ? demanda-t-il à l'arrivée.

— Toi, tu dégages.

— Dis donc, mon ami, tu n'as aucune raison d'être fâché. Je te conduis où tu veux.

— Non, où toi tu veux. C'est ça le problème, avec de bons copains comme toi : ils perdent trop facilement le sens de l'orientation.

— On peut discuter...

— Les discussions, ça me fatigue.

Haussant les épaules, Mahmoud rentra chez lui. Avec la paie miraculeuse qu'il avait obtenue, il pourrait se reposer quelques mois.

★

Dans l'aéroport, il y avait une douche qui donnait de l'eau brune une demi-heure par jour. Quant au riz local, importé d'un endroit où l'on devait manger autre chose, il calmait la faim.

Je dormis d'un œil dans le 4×4, certain que le chauffeur licencié allait tenter de se venger. Mais, au petit matin, ce fut l'uniforme qui s'approcha.

— Il vous est interdit de partir seul dans le désert. Le chauffeur vous conduira là où vous voulez.

— C'est bizarre, j'ai l'impression du contraire.

— Ce désert est dangereux, très dangereux... Un profane ne peut que s'y égarer.

Après m'être étiré, je me mis au volant.

— Tu viens avec moi, général ?

— Qu'est-ce que vous faites ?

— Écoute, bonhomme, tu as été payé et bien payé. Tu devais me fournir un bon chauffeur afin de me faire gagner du temps. Au lieu de ça, tu me colles un malfaisant qui suit son chemin et pas le mien. Moi, je suis d'accord pour respecter la loi. Et, toi, tu dois respecter ton contrat. Alors, tu montes dans cette voiture et tu me guides.

L'uniforme hésita.

— J'ai des responsabilités officielles, ici, et...

— Je sais, un avion tous les trois mois quand le trafic est dense. Ou tu montes, ou je pars seul.

— Je vous préviens, je suis armé et je peux vous arrêter !

— N'essaye surtout pas de tirer avec ton pistolet, tu te ferais exploser la figure. Allons-y, je suis pressé.

Vaincu, Mohamed accepta.

Crispé, il desserrait à peine les lèvres pour m'indiquer le meilleur chemin. Comme Mahmoud, il connaissait parfaitement la région.

Je pilai si violemment que sa tête faillit défoncer le pare-brise.

— Écoute, pépère, ça va finir très mal pour toi ! Je suis topographe de formation et j'ai un certain sens de l'espace. Si tu ne cesses pas immédiatement de nous faire tourner en rond, il y aura bientôt un fonctionnaire de moins sur cette planète.

— D'accord, d'accord, mais ne recommencez pas ça... Je dois avoir une énorme bosse !

Mohamed ne me mena plus en bateau. Peu à peu, nous approchions du but.

Pause-déjeuner et repos pour le moteur.

Pendant que je faisais cuire des œufs sur le capot, l'uniforme s'éloigna afin de satisfaire en paix des besoins naturels.

L'air était d'une pureté incroyable, le soleil brûlant à souhait. En plein midi, pas un souffle de vent.

Si Byge avait été là, il n'aurait pas tenu plus de deux minutes avant de tomber dans les pommes.

— C'est prêt, Mohamed !

Pas de réponse.

L'uniforme s'était enfui. Il n'avait pas une chance sur cent d'atteindre l'aéroport.

J'aurais pu le rattraper, mais à quoi bon ? À la première occasion, il aurait sûrement recommencé. Et puis je n'étais plus très loin de l'objectif.

Conduire dans le désert ne ressemble à rien d'autre. Pas de panneaux compliqués dont personne ne comprend la signification, pas de radars destinés à grossir la cagnotte de la caste au pouvoir, pas de fous du volant, mais une nature hostile qui refuse le bruit et agresse les pneus, et qu'il faut pourtant convaincre de vous laisser progresser. Avec la mer, au moins, il y a les vagues qui vous avertissent du danger : ici, rien que les couleurs changeantes du sable.

Mais, quand j'ai une mission à accomplir, je l'accomplis. Surtout lorsque c'est la dernière.

Soudain, deux grandes dunes. Elles s'épousaient par la grâce du vent qui faisait frissonner leurs crêtes.

Je coupai le moteur.

Là, derrière, devait se trouver l'oasis signalée par Colona.

Escalader une dune est un acte magique. Chaque pas rapproche d'un sommet qui, demain, ne sera plus le même. Le corps devient léger, le regard se fond dans le sable doré, puis redécouvre le ciel. Le plus athée des mécréants finit par croire qu'il a une âme.

Elle était bien là.

Une vaste oasis circulaire, avec des palmiers centenaires, dont plusieurs bosquets de palmiers doum aux troncs qui bifurquaient. Les longues palmes brillaient d'un vert éclatant et protégeaient un véritable paradis pour ceux qui résidaient ici, inconnus du monde extérieur.

Colona n'en parlait pas. Son journal de voyage se poursuivait par la description d'une piste menant à des grottes décorées de peintures rupestres, aujourd'hui disparues. Selon toute vraisemblance, il n'avait rencontré dans l'oasis aucun humain digne d'intérêt alors qu'il s'attachait, d'ordinaire, à enregistrer les coutumes et les pensées des êtres dont il croisait le destin.

Du sommet des dunes, la perspective était intéressante. Il faudrait abattre une partie des palmiers pour construire l'héliport, les bâtiments principaux, la piscine et quelques autres aménagement indispensables à un séjour idyllique et inoubliable.

Avec mes instruments de mesure miniaturisés, je n'aurais pas grand mal à établir les données indispensables à l'exécution du plan sommaire dont Byge avait besoin.

Après m'être accordé l'un de ces moments de contemplation qui, demain, seraient mon ordinaire, je sortis les sacoches de la voiture et descendis lentement vers l'oasis.

Sous les palmiers, il y avait de petits lopins de terre soigneusement quadrillés et irrigués. Y poussaient plusieurs sortes de légumes, dont la maturation se produisait à des époques différentes de l'année.

Bien à l'ombre, un bœuf faisait tourner une sakieh, une grande roue horizontale qui mettait en mouvement une roue verticale portant une chaîne de pots, dont l'eau, puisée dans une nappe souterraine, se déversait dans des rigoles.

L'animal était jeune, en bonne santé, et visiblement choyé. Dans ce coin du monde, un miracle. Je pris le temps de le caresser et de le regarder travailler, à son rythme, avec une opiniâtreté généreuse qui usait les siècles.

Le spectacle mériterait-il d'être conservé pour amuser les touristes ? À Byge de décider. Moi, mon rôle s'arrêtait à un calcul de surface.

Alors que je commençais à sortir mon matériel, une petite fille surgit d'un bosquet de tamaris. Vêtue d'une jolie robe rouge, elle tenait serrée contre sa poitrine une poupée en chiffons.

— Tu es qui, toi ? me demanda-t-elle dans un dialecte proche de celui pratiqué au sud de Louxor.

— Un visiteur. Où sont tes parents ?

— Près du grand puits.

— Tu me conduis ?

— Pas maintenant. Je dois cueillir des tomates avec ma poupée.

D'un pas fier et décidé, elle s'éloigna.

L'endroit valait une promenade.

Une multitude de jardinets, un champ d'épeautre, un autre de trèfle... Les oasiens ne manquaient de rien, mais ils ne devaient pas chômer. Rien n'est plus généreux qu'une terre pareille, à condition qu'on s'en occupe sans cesse.

Une femme poussait un araire tiré par un âne, l'un de ces superbes grisons sans lesquels aucune forme de civilisation n'aurait été possible. Là où je prendrai ma retraite, j'achèterai un pré pour les vieux ânes qui, après avoir porté tant de charges, méritaient un peu de repos.

Très fine, les traits majestueux, elle maniait avec habileté cette vieille charrue, la seule adaptée à un sol comme celui-ci, qu'elle se contentait de gratter sans le blesser en profondeur. Au Moyen-Orient, partout où le tracteur était utilisé, il ne fallait que quelques années avant d'user la terre. Il ne restait plus qu'à l'empoisonner avec des engrais chimiques qui achevaient de la brûler.

Pour la première fois de mon existence de voyageur, j'eus l'impression d'être un intrus. Si j'avais été à mon compte, j'aurais repris mes bagages et je serais rentré dans ce monde qui se dit civilisé.

Mais c'était ma dernière mission, et je devais m'en débarrasser au plus vite.

La femme m'avait vu, j'en étais sûr, mais elle ne me prêtait aucune attention, ne s'occupant que de son araire et de son âne.

— On peut vous parler?

Enfin, elle s'immobilisa. Bien qu'elle eût des cheveux de jais, ses yeux étaient d'un bleu clair et tendre. Elle ne portait pas la sinistre robe noire, omniprésente dans la région, mais une tunique orange comme les soucis en fleur.

— Comment es-tu venu ici?

— En voiture.

— On t'a indiqué le chemin ?

— Plus ou moins. Ni Mahmoud ni Mohamed n'ont accepté de m'accompagner, mais j'avais la carte de Colona.

Aucun de ces noms ne provoqua la moindre émotion.

— Bois un peu d'eau, mange quelques dattes, et retourne d'où tu viens.

— Cet endroit m'intéresse au plus haut point, à cause de mon travail.

— Tu ne comprends pas. Ici, c'est l'oasis du chaudron, et seuls ceux qui y sont nés peuvent y résider. Je suis la magicienne, et, comme tous ses habitants, j'ai le devoir de préserver ses traditions. Nous ne te voulons aucun mal, mais tu ne peux pas rester.

Ce discours-là, je l'avais entendu mille fois, et le plus souvent avec davantage d'agressivité. Il n'est jamais drôle d'être exproprié, surtout lorsqu'on est très attaché à l'endroit où l'on vit.

— Moi non plus, je ne vous veux aucun mal. Mais, en haut lieu, on a décidé que cette oasis deviendrait un lieu touristique. Alors, je viens prendre des mesures.

La magicienne parut étonnée.

— Où est-ce, ce haut lieu ?

— Le gouvernement, mon entreprise...

Elle rit.

— C'est donc sans importance. Le seul haut lieu, c'est le ciel où réside le dieu de l'oasis. Il nous protège depuis que le souffle de vie est sorti de la lumière.

— Il faut que tu comprennes bien la situation : le gouvernement a vendu cette oasis à mon entreprise et...

— Comment peut-on vendre ce qui ne vous appartient pas ? Le seul propriétaire de l'oasis, c'est son dieu. Et nous, nous sommes sur sa terre.

— Des centaines d'ouvriers vont arriver, avec des machines. Ils construiront des bâtiments et ils aménageront le paysage. Toi et les tiens, vous devez partir. Mais on vous donnera de belles indemnités pour que vous puissiez habiter ailleurs, dans des maisons confortables. Mon entreprise est citée en exemple pour l'attention qu'elle prête au relogement.

— Nous naissons dans l'oasis et nous y vivons. Nous n'avons besoin de rien d'autre.

— Ce n'est plus à vous de décider, tu comprends ? Pliez-vous aux lois sans histoire, et tout se passera bien.

— La loi de l'oasis, c'est la rectitude, dans le geste comme dans la pensée. Sinon, le dieu ferait bouillonner le chaudron du cœur, et le fautif perdrait ses sens. S'il reconnaît la dérive, il retrouve d'abord le regard et contemple ce qu'il aurait perdu en continuant à violer la loi.

Je ne parviendrais pas à la convaincre. Le cas n'avait rien d'exceptionnel, et il faudrait, comme souvent, procéder à une expulsion musclée. Ce jour-là, je serais loin et j'aurais oublié l'oasis.

— Je peux... visiter ?

— « Visiter » : qu'est-ce que ça veut dire ?

— Jeter un œil, parcourir l'oasis, la découvrir...

— À quoi bon, puisque tu vas partir ?

— Il faut que je t'explique mieux : je vais prendre des mesures, dresser un plan et le donner à mon entreprise. Ensuite, très vite, une équipe construira un bel hôtel destiné à des touristes.

— C'est quoi, un touriste ?

— Quelqu'un qui paiera très cher pour passer quelques jours ici avant de retourner chez lui.

La magicienne rit de nouveau.

— Ça existe vraiment, des gens pareils ?

— Il y en a de plus en plus.

— Ton monde doit être bien malade, mais rassure-toi : un tel malheur ne touchera pas l'oasis. Ici, on ne passe pas ; on vit.

Le choc serait terrible, mais l'on n'arrête pas le progrès.

— Tu ne voudrais pas me servir de guide ?

— Ni mon âne ni moi n'avons terminé notre travail.

Sereine, elle poussa la charrue.

★

Mon exploration ne me déçut pas.

L'oasis était un petit éden à l'ombre des palmes qui filtraient les rayons du soleil pour n'en garder que les bienfaits.

Je m'attendais à voir de nombreux paysans au travail, mais il n'y avait personne dans les jardins.

Un séjour dans cette palmeraie imprimerait des souvenirs paradisiaques dans la mémoire des heureux élus. J'insisterais auprès de Byge pour qu'il ne lésine pas sur la qualité des matériaux, car l'hôtel devait se montrer à la hauteur du cadre.

Je me surpris à rêvasser, ce qui était un excellent signe. Si un professionnel endurci se laissait prendre à l'atmosphère de l'oasis, le touriste, même milliardaire et blasé, plongerait sans peine dans la volupté.

Au centre, un espace non cultivé, avec sept petites maisons blanches disposées autour d'un grand puits.

Dans l'air flottait une délicieuse odeur de pain chaud

qui venait de sortir du four. Torse nu, le boulanger disposait d'appétissantes galettes sur une table basse en sycomore. Son épouse, une brunette vêtue de blanc, les remplissait d'oignons, de fèves et de tomates que lui donnait la petite fille à la poupée.

Assise sur le sol, adossée au puits, une vieille femme les regardait préparer le repas.

Un chien couleur de sable me repéra et se dirigea avec prudence dans ma direction tout en aboyant le plus fort possible.

Il n'était ni famélique ni couvert de tiques et de puces. Dans la grande loterie canine, celui-là avait tiré le bon numéro.

Il se mit à l'arrêt et me regarda. Vu l'intelligence qui pétillait dans ses yeux, je n'avais pas intérêt à lui raconter n'importe quoi.

— Je visite, l'ami, et j'aimerais saluer ta famille.

La queue se mit à battre vigoureusement, et il accepta de se laisser caresser.

La petite fille mordait à belles dents dans une galette fourrée.

— Ne les ennuie pas, recommanda la vieille femme. Ils aiment manger en paix.

— Je peux m'asseoir à côté de vous ?

— Tu aimerais une galette et du vin ?

— Pourquoi pas ?

D'un regard, la vieille donna un ordre.

La brunette m'apporta les nourritures. Le vin était l'une de ces délicieuses piquettes qui ne supportent aucun voyage mais qui vous désaltèrent comme rien d'autre.

— Avez-vous toujours habité ici ?

— Le dieu de l'oasis a créé ce morceau d'univers pour que la vie soit douce à l'ombre des palmes.

Elle était ridée comme les vieilles Indiennes d'Amérique du Nord, mais la voix demeurait ferme. Sur sa tunique ivoire étaient dessinés des signes qui rappelaient les hiéroglyphes.

— Vous n'êtes que cinq, plus le chien, dans l'oasis ?

— Une grande et belle famille, n'est-ce pas ?

J'imaginais déjà la satisfaction de Byge. De si petites indemnités au regard d'une rentabilité maximale ! On avait connu des cas beaucoup plus épineux où il fallait expulser une centaine de personnes soutenues, au moins une journée, par une presse indignée.

— Je n'ai pas que de bonnes nouvelles à vous annoncer. Il vous faudra bientôt partir, mais vous serez relogés dans d'excellentes conditions.

La vieille ne répondit rien.

La galette fourrée était savoureuse.

— La magicienne, c'est votre fille ?

— Nous sommes une famille.

Qu'elle ne veuille pas en dire davantage, c'était son problème.

— Ne reste pas trop longtemps ici, visiteur. Tu finirais par oublier trop de choses.

— Je prends mes mesures, je dresse mon plan et je m'en vais. Mais d'autres, beaucoup d'autres, viendront pour construire un hôtel de grand luxe. J'en ai parlé à la magicienne, mais elle ne m'a pas écouté. Vous, vous semblez plus raisonnable. Être exproprié, ce n'est pas drôle, mais je n'y peux rien. Mon entreprise s'occupera bien de vous, soyez-en sûre.

La vieille femme hocha la tête.

Le chien vint quémander un morceau de galette.

La magicienne rentrait du travail avec son âne. L'âne...
Il ne fallait pas que je l'oublie, celui-là ! Ou bien Byge
leur trouvait un terrain suffisamment grand pour que
l'animal y coule des jours heureux, ou bien j'assurerais
moi-même sa retraite.

— Tu n'es pas encore parti ?

— Je vais commencer à travailler.

— Ne t'en va pas trop tard. La nuit, le désert est rempli de pièges. Surtout, ne reviens pas. Tu pourrais avoir
de graves ennuis.

Ce discours-là aussi, je l'avais mille fois entendu.

Dans les cas les plus simples, j'avais recours à la pho-
togrammétrie aérienne qui m'évitait bien des efforts.
Mais, la plupart du temps, il fallait continuer à opérer
sur le terrain. Par bonheur, à la différence des anciens
topographes, je disposais d'instruments très perfor-
mants, comme la règle à éclimètre ou le tachéomètre.
Avec l'expérience, je les avais même un peu améliorés.

Ma première heure de labeur se déroula sans ani-
croche, personne ne me dérangea. L'oasis ne présentait
aucune difficulté insurmontable.

C'est mon microscope de lecture qui dérailla. Un inci-
dent plutôt rare, mais qui ne me déroutait pas. Dans ma
valise de secours, j'avais de quoi réparer.

Mais cette valise-là, je l'avais laissée à Boufra. Autre-
ment dit, retour à l'aéroport.

Passablement énervé, je me dirigeai à pas pressés vers
le 4×4. Retrouver la bonne route ne m'inquiétait guère,
car l'itinéraire s'était gravé dans ma mémoire.

Souriante, la magicienne m'observait.

— Ne rêve pas, je reviens.

— Pour ta tranquillité, tu devrais rentrer chez toi. Ici,
tu n'as rien à espérer.

La piste, quelques traces de pneus, les pièges classiques, le crépuscule... Surtout, ne pas s'affoler. Le soleil se couche vite, et, sans lui, le désert devient encore plus hostile. Rouler la nuit se terminait souvent très mal. Par chance, j'étais près du but et je ralentis l'allure dans la dernière partie du parcours.

★

Boufra était éclairé par trois vieux lampadaires anglais qui ne tarderaient plus à rendre l'âme. Le vent se levait, faisant tourbillonner des écharpes de sable qui étranglaient les bâtiments vétustes.

J'allais au moins savoir si l'uniforme de Mohamed avait réussi à regagner son poste.

Malgré un panneau de stationnement interdit, je me garai devant l'entrée de l'aéroport qui était aussi la sortie.

Le bureau de Mohamed était vide. Pas un cahier, pas un tampon. La peinture verte s'écaillait tranquillement sur les murs.

Je courus jusqu'à la maison de Mahmoud, mon chauffeur licencié. Vide, elle aussi. Il ne restait qu'un tabouret agonisant et des morceaux de bougie.

Pourquoi les secteurs public et privé avaient-ils déserté Boufra? Le coin était plutôt tranquille, et, s'il y avait eu des pillards en maraude, Byge m'aurait prévenu.

Byge... Il fallait que je l'appelle, celui-là.

Quatre sonneries, puis un sifflement aigu, puis plus rien. Simple ennui de transmission. Je pus de nouveau établir la liaison, mais elle s'interrompit au bout de deux sonneries. La technique a parfois des défaillances.

Dans la cuisine, un peu de riz et des biscottes molles. Rien à voir avec les galettes fourrées de l'oasis. Et ce fut

25

une canette de bière sans alcool qui releva le niveau du dîner.

Une question me coupa l'appétit : comment étaient-ils partis ? Il n'y avait que deux hangars : l'un pour la Jeep de service, l'autre pour mon avion.

Dans le premier, plus de Jeep.

Dans le second, plus d'avion.

Mais ni Mohamed ni Mahmoud ne savaient piloter ! Enfin, c'est ce que je croyais. La vérité était simple... Mahmoud avait pris la Jeep, et Mohamed l'avion. Sacré bonhomme ! Non seulement il avait réussi à regagner Boufra, mais encore s'était-il fait une fortune facile en me volant mon zinc, qu'il revendrait à bon prix.

C'est toujours désagréable d'être cartonné comme un vulgaire crétin alors qu'on est lourd d'une expérience qui devrait vous mettre à l'abri de ce genre de glissade

Comme de bien entendu, il n'y avait plus aucune liaison possible avec le monde extérieur. Le matériel de communication de Boufra étant hors d'usage et mon portable en carafe, il ne subsistait plus que la télépathie. Mais, avec Byge, nous n'étions pas vraiment en phase.

Il y eut un rire. Celui d'une hyène en quête de nourriture. Chacun sa vie, et la mienne était plutôt ensablée, en cette soirée qui me paraissait presque fraîche après la canicule du jour.

Au fond, classique.

Je n'ai pas connu une seule mission tranquille. Ainsi va le métier, et il faut savoir s'adapter. Quand tout marche de travers, une seule solution : dormir. S'imaginer qu'on est le bras droit de Dieu le Père à la fin du septième jour de la Création, oublier cette semaine au cours de laquelle le monde s'est amoché à jamais et plonger sans retenue dans l'océan du sommeil.

Dormir dans le désert, c'est renaître. Les attaches se délient, les rêves ordinaires se diluent, et ce qui semblait essentiel devient presque niais. Être grain de sable n'est pas un si petit destin.

L'aile de mes songes fut celle d'un ibis qui volait au-dessus d'une campagne sillonnée de canaux. Çà et là, des palmeraies. L'oiseau blanc suivait le fleuve, s'amusait à imiter ses méandres et jouait avec l'espace comme s'il jaillissait de ses plumes.

Pourquoi se réveiller bêtement ? Bêtement, avec des jointures qui craquent, des cervicales coincées et des muscles incapables de gagner un bon cent mètres.

Comme il n'y a plus de miracles depuis la mort de Dieu, ni Mahmoud ni Mohamed n'étaient réapparus. Quant à mon portable, il émettait des sons venus d'ailleurs, mais sans aucun rapport avec la ligne de Byge.

J'avais déjà connu ce style de situation. La World Inc. House enverrait un autre avion à Boufra, avec une équipe de choc et le matériel nécessaire. Tel que je connaissais Byge, il imaginerait le pire et croirait que je m'étais heurté à une bande d'oasiens intraitables.

La fraîcheur matinale se dissipait vite.

C'est alors, et alors seulement, que je songeai à ma valise de secours. Elle se trouvait là où je l'avais oubliée, dans le hangar de l'avion, mais derrière deux bidons rouillés. L'uniforme ne l'avait pas jugée intéressante.

Quel meilleur endroit que l'oasis pour attendre les secours ?

Ayant épuisé les charmes de l'aéroport de Boufra, je repris donc la piste sans me presser, comme si j'étais un touriste en partance pour un havre de paix où l'on m'épongerait le front avec des serviettes parfumées avant de me servir une vodka citron bien glacée.

L'ennui, ce fut le parcours.

Plus aucune trace de pneus, des repères qui manquaient là où je les avais prévus. Pourtant, le vent n'avait pas été assez violent pour bouleverser à ce point le paysage.

Même en la jouant zen, la partie devenait délicate. Je revins en arrière pour rejoindre une sorte de carrefour où j'avais dû me tromper de direction. Mais, là, mon fameux instinct demeura muet et je dus recourir à une boussole afin de m'orienter.

Moteur coupé, je m'assis sur une grosse pierre. De temps à autre, perdre son air malin ne fait de mal à personne. Là, c'était plutôt décapant. J'aurais bien cassé un mètre-étalon sur la tête de n'importe quel géographe, mais autant refaire ses propres calculs en partant de l'observation élémentaire.

Tout bien pesé, je repris mon idée première. En poursuivant dans cette direction-là, je tomberais forcément sur l'oasis.

Le trajet ne fut pas des plus réjouissants. Tantôt je croyais me reconnaître, tantôt m'égarer. Quelle main avait été assez géante pour déplacer des buttes et tracer de fausses pistes qui se perdaient dans la rocaille ?

Il en fallait davantage pour m'impressionner, et mon flair m'affirmait que j'avais choisi la bonne voie. Le désert devenait si vide que seule l'oasis pouvait briser son carcan.

Mais je les vis, amoureuses et complices, ces deux grandes crêtes des dunes, qui dansaient dans un vent léger.

Combien d'heures avais-je perdues ? Ce n'était pas ma montre qui me renseignerait, car elle s'était arrêtée. Voilà trop longtemps que j'aurais dû changer la pile.

D'après la position du soleil, j'avais mis au moins cinq heures, plus du double du temps normal, pour aller de Boufra à l'oasis.

Et dire que, dans quelques mois, il y aurait une route goudronnée et un héliport !

Au sommet des dunes, la magicienne.

— Tu as fait beaucoup de bruit, avec ton moteur.

— Il souffre un peu, je sais.

— Tu devrais repartir sans tarder.

— Pas possible, l'aéroport de Boufra est hors service. C'est ici que mon entreprise viendra me chercher.

Je sortis mes bagages du 4×4.

— Ne retourne pas dans l'oasis, insista la magicienne.

— Une menace ?

— Nous ne te voulons aucun mal. Si tu ne t'en vas pas, tu te créeras toi-même de graves ennuis.

— De quel ordre ?

— Ce seront tes ennuis, pas les miens.

— C'est ma dernière mission, et j'entends l'accomplir, ni plus ni moins.

— Tu ne devrais pas t'entêter.

— Tu cherches vraiment à me faire peur ?

— Si la peur pouvait te faire comprendre que tu dois retourner d'où tu viens, elle serait bonne conseillère.

— Désolé, belle dame, mais j'ai du travail.

— Puisqu'il ne servira à rien, pourquoi t'acharner ? Remonte dans ta voiture bruyante et oublie l'oasis. C'est le meilleur service que tu te rendras à toi-même.

Des têtues, j'en avais rencontré des sévères. Celle-là méritait la palme d'or. À sa place, j'aurais adopté la même stratégie : tenter de décourager l'adversaire en faisant miroiter quelques spectres.

La magicienne n'était pas une mauvaise femme. Fière, obstinée, mais pas mauvaise.

— Tu ne m'aideras pas à porter mes bagages, je suppose ?

— Pourquoi t'aiderais-je à t'installer dans un endroit que tu devrais quitter au plus vite ?

— Écoute, cessons de nous disputer. Je suis sûr qu'au fond tu comprends mes impératifs.

— Prends tes mesures, si tu y tiens tant, et regagne ton monde.

Quand le dialogue est impossible, il ne reste plus que le cahier des charges. Je pris tout mon temps pour transporter mon matériel et le déposer au pied d'un palmier, comme si j'avais l'éternité devant moi.

La première tâche de l'équipe consisterait à déplacer les deux grandes dunes derrière lesquelles se cachait l'oasis, et à créer un accès digne du site. J'étais le dernier à profiter de ces collines mouvantes dont les lignes échappaient aux prévisions.

— On ne mesure pas les esprits, déclara la magicienne en s'éloignant.

Le travail ne fut pas trop difficile, et je parvins à établir un plan sommaire, largement suffisant pour convaincre les investisseurs réunis par Byge.

L'estomac dans les talons, je me rendis au centre de l'oasis alors que les lueurs dorées du couchant commençaient à l'envahir. Malgré les heures de conduite et celles de calcul, je ne ressentais aucune fatigue.

La vieille femme était toujours assise contre le puits. La brunette chantait une chanson d'amour en s'accompagnant au luth. Elle avait une jolie voix qui s'accordait délicieusement à ce moment si paisible.

Son mari m'apporta un plat de fèves, de carottes et de

poireaux, agrémenté d'ail frais. Il m'offrit aussi un pichet de piquette qui me sembla encore plus désaltérante que la première fois.

— Tu ne devrais pas passer la nuit ici, me recommanda la vieille.

— Y aurait-il des revenants dans l'oasis?

— Nous ne les comptons plus, mais, nous, ils nous connaissent. Toi, en revanche...

— Croyez-vous qu'ils me feront mourir de peur?

— Pour toi, ce serait un moindre mal.

— J'aime bien les revenants. En Écosse, j'ai déniché un coin fabuleux où, d'après la légende, il y a la plus grande concentration d'esprits du pays. On y a construit un hôtel de style château, avec un spectre par chambre. Ça ne désemplit pas. De mon point de vue, il y a des humains beaucoup plus redoutables que ces vieux démons.

— Tu ne devrais quand même pas passer la nuit ici, insista-t-elle.

— Si vous me décriviez les dangers précis qui me guettent?

— Alors, ce ne seraient plus des dangers. L'homme sage n'est-il pas celui qui détourne les événements avant qu'ils ne se produisent?

— Je n'ai pas la prétention d'être un homme sage! Dès que mon travail de technicien sera terminé, je m'en irai.

— Pour aller où?

— Je n'ai pas encore choisi mais ce sera un coin tranquille, très tranquille, où je passerai le reste de ma vie à contempler les heures qui s'écoulent.

— Si tu veux réaliser ton rêve, pourquoi prendre autant de risques?

31

— On peut toujours s'écraser en pilotant un avion ou se renverser en conduisant un 4×4, mais ce n'est pas plus dangereux que de traverser la rue dans une grande ville.

La brunette chantait une chanson d'amour, plus mélancolique que la première, mais avec un sourire dans la voix. La petite fille s'était endormie dans les bras de son père, et la magicienne était entrée dans l'une des petites maisons blanches.

— Vous avez dû être plus nombreux, dans l'oasis ?

— Nous sommes une famille.

— Ça fait beaucoup de travail pour un si petit nombre de bras... et l'oasis est grande.

— L'oasis est telle que son dieu l'a voulue, elle n'a pas changé depuis l'origine et elle ne changera pas.

La vieille n'était pas plus raisonnable que la magicienne. Elle aussi refusait la réalité parce qu'elle lui apparaissait trop lointaine. Comment pouvait-elle imaginer la noria de bulldozers, de pelleteuses et de camions qui transformeraient bientôt ce fragment d'univers oublié en un fleuron du tourisme international ? La World Inc. House avait tort de ne pas engager un psychologue capable de préparer les déracinés à leur destin. Moi, simple technicien, j'étais incapable de trouver les bons arguments.

— Vous n'allez pas dormir ? demandai-je à l'ancêtre.

— J'aime bien veiller près du puits et regarder les étoiles. Sais-tu qu'elles sont les portes par lesquelles passe la lumière ? À mon âge, on s'éveille à d'autres clartés que celle du jour. Dans certains pays, paraît-il, le ciel est si gris que l'on ne peut pas voir les étoiles. La vie doit y être bien triste. Ici, aucun nuage ne les dissimule. Elles tracent les chemins d'eau et de feu que parcourent les barques de l'aube et du crépuscule. Il existe tant d'univers que jamais leur voyage ne prendra fin.

Elle me fit songer aux vieux arpenteurs qui prenaient le ciel pour référence. Tout compte fait, ils n'avaient pas si mal réussi.

— Les dunes sont fréquentées par les serpents. Va dormir dans ta voiture.

— J'abuse sans doute, mais l'une des maisons est peut-être inoccupée...

— Elles appartiennent à la famille.

Inutile d'insister. Vu la température, je ne craignais pas de mourir de froid.

— Ne dors pas dans l'oasis, répéta-t-elle. Si tu accomplis le voyage du sommeil, tu ne pourras plus revenir en arrière : c'est notre dernier avertissement.

À quoi bon lui rappeler que le temps avait été bâti comme ça et que personne n'était encore parvenu à le démolir ?

Le confort du 4×4 était un peu sommaire. Enveloppé dans une couverture, j'aurais pu m'y assoupir, mais pourquoi me priver du charme de la palmeraie ? Le « dernier avertissement » de la vieille... Un beau baroud d'honneur, mais tellement inutile ! Elle ne parvenait pas à comprendre que je n'étais qu'un émissaire, si dérisoire par rapport à la meute qui se rapprochait à chaque seconde.

Cinq personnes et trois animaux : l'oasis se mourait. Souvent, j'avais eu la pénible impression de provoquer la dispersion d'un groupe qui avait ses coutumes et ses points de repère. Ici, je ne faisais qu'accélérer un peu le mouvement naturel. Cette minuscule famille aurait bientôt été obligée de quitter ses terres et de s'intégrer au village le plus proche. Au fond, je lui facilitais la tâche en simplifiant ses démarches.

Côté étoiles, l'ancêtre ne se mettait pas le doigt dans l'œil. Elles brillaient avec une intensité que je n'avais pas remarquée ailleurs.

Sac de couchage sur l'épaule, je grimpai une nouvelle fois une dune en sifflotant et en tapant du pied. Les serpents n'aiment pas les vibrations.

Au sommet, j'hésitai.

Auréolée de la lumière de la lune, l'oasis était aussi belle la nuit que le jour. Bien sûr, j'aurais pu envoyer un plan inexact à Byge et tenter de le persuader que je m'étais trompé. Mais je mentais mal, et la ruse n'aurait pas abusé longtemps le renard affamé.

J'hésitais, sans trop savoir pourquoi. À force de me mettre en garde, l'ancêtre et la magicienne m'avaient-elles ébranlé ? Peu importait. La machine était en marche, rien ne l'arrêterait. À la réflexion, il était même incroyable que le récit de voyage de Colona fût passé inaperçu et que l'oasis eût échappé à toutes les tempêtes. Au moins, elle demeurerait un lieu privilégié.

Quelque chose fit crisser le sable, tout près de moi. La vipère à cornes se montrant plutôt virulente, il valait mieux ne pas s'attarder sur la dune.

Je choisis le pied d'un splendide palmier qui avait été dégagé avec soin par les oasiens et me glissai dans mon sac de couchage, les yeux rivés sur la constellation d'Orion, la « nursery » où naissaient des milliards d'étoiles.

Et le sommeil m'enveloppa, porté par la caresse d'un vent du sud.

Que la vie est douce à l'ombre des palmes ! Filtrés et

adoucis, les premiers rayons du soleil me réveillèrent avec tant de tendresse que je crus être le premier habitant d'un paradis retrouvé.

Mais ce n'était que l'oasis, et j'avais encore quelques mesures à prendre afin de terminer mon plan.

Près du tronc avaient été déposés des dattes, du pain frais et un pichet de lait. Le meilleur petit déjeuner de ma carrière.

Nouvelle tentative avec mon portable, aussi infructueuse que la précédente. Mais il y avait un message que je parvins à écouter.

C'était Byge.

Il m'annonçait qu'il avait bien reçu mes dernières informations, notamment la localisation précise de l'oasis. Le monstre froid n'avait plus besoin de moi sur place, je pouvais rentrer.

Détails gênants, je n'avais pas réussi à le joindre, je ne lui avais pas transmis ce message-là, et, surtout, la latitude et la longitude citées par Byge étaient complètement fausses ! Là où il enverrait son équipe, ce n'était pas ici, mais beaucoup plus loin au sud-ouest.

À quoi jouait Byge ? Encore l'une de ces embrouilles dont il était amateur ! Les dattes me parurent moins sucrées. Je tentai une dernière fois de joindre ce magouilleur, mais mon portable avait rendu l'âme.

La meilleure solution consistait à retourner à Boufra, avec l'espoir que les autorités s'inquiéteraient du silence de l'aéroport et enverraient de nouveaux responsables.

Mais le 4×4 avait disparu.

Enfin, pas tout à fait. Il était presque entièrement recouvert par les sables conquérants d'une dune qui avait progressé à une vitesse incroyable pendant la nuit. Dégager à la main était impossible. Il me faudrait donc attendre que la colline mouvante ait passé son chemin, en priant pour que le véhicule ne soit pas hors d'usage.

D'ici là, Byge aurait attaqué le mauvais site. Forcément déçu, il me chercherait partout afin de me parler du pays et finirait bien par débarquer ici.

C'était l'occasion ou jamais de faire contre mauvaise fortune bon cœur. Dans l'oasis, je ne risquais pas de mourir de faim ; il ne me restait qu'à patienter en profitant de ses charmes.

La petite fille et sa poupée cueillaient des tomates, le mari de la brunette préparait des gâteaux, son épouse faisait le ménage. Adossée au puits, la vieille femme les observait.

— As-tu bien dormi ?

— Mieux que jamais !

— Pas dans l'oasis, j'espère ?

— Mais si ! Quelqu'un m'a même apporté un petit déjeuner. À cause de la dune qui a enseveli ma voiture, je suis obligé de rester quelque temps avec vous.

— Puisque tu as dormi ici, c'est certain. La magicienne te prépare ta maison.

— Ma maison ? Mais je croyais que...

— À présent, c'est différent. Tu appartiens à la famille, tu as donc droit à ta demeure.

Curieux, j'allai voir la petite maison blanche qui m'avait été octroyée. Un salon, une cuisine, une chambre et une terrasse que balayait la magicienne, plus belle chaque jour.

Elle me sourit.

— Ce logement te convient ?

— J'ai le sentiment d'être un vrai privilégié ! Plus de voiture, plus de téléphone, plus de Byge... À se demander si ce n'est pas un rêve éveillé. Tu devrais quand même me confier ce balai.

— N'as-tu pas un travail à terminer?

Mon microscope de lecture réparé, je repris donc mes dernières mesures.

Par réflexe, je vérifiai quelques-uns des résultats précédents.

Et là, ça ne collait plus du tout.

Entre les palmiers, la distance avait changé. Les bosquets de tamaris, la sakieh, le champ d'épeautre et le grand puits ne se trouvaient pas à la même place.

On aurait juré une autre oasis.

Pourtant, du haut de la dune, elle se ressemblait. Mais la dune elle-même n'avait-elle pas changé?

La tête à l'envers, je courus jusqu'au grand puits.

— Nous t'avions mis en garde, rappela la vieille femme. Tu peux déchirer ton plan et jeter tes appareils de mesure. Ici, ils ne servent à rien. Ni le gouvernement, ni ton entreprise, ni les équipes d'ouvriers ne pénétreront dans l'oasis, car ils ne savent pas combien la vie est douce à l'ombre des palmes.

— Mais... Où sommes-nous réellement?

— De l'autre côté. C'est bien ce que tu voulais, n'est-ce pas?

Les petites maisons blanches brillaient sous le soleil. La fillette rapportait de belles tomates bien mûres, la brunette préparait le déjeuner, son mari brassait de la bière et la magicienne nourrissait son âne.

J'avais oublié l'avenir.

Une première version de ce texte est parue dans Elle *(2001).*

LE MAÎTRE DES DÉMARCHES

Nous partîmes joyeux, dépourvus d'inquiétude, à la recherche d'un temple oublié. Ne disposions-nous pas d'un mini-car confortable et d'un chauffeur jovial ?

Jovial, mais stupide.

Le gaillard était programmé pour une seule destination, et ce n'était pas la nôtre.

Il stoppa au milieu d'une ville pouilleuse et nous sourit de toutes ses dents.

— Ce n'est pas là, lui dis-je avec douceur. On continue.

Il hocha la tête négativement.

— Écoute, mon ami, tu as été bien payé pour nous conduire jusqu'au temple. Donc, on continue.

Il comprit que je commençais légèrement à m'irriter, remit le contact, démarra et roula vers n'importe où.

Bouées de sauvetage : carte et boussole.

Bientôt, ce furent des chemins de terre, à peine carrossables. Sautant comme des bouchons de champagne à chaque cahot, nous longeâmes des jardins potagers.

— On est perdus, avouai-je aux membres de mon équipe.

— Regarde, là !

Un faucon volait à notre hauteur.

— On le suit, annonçai-je au chauffeur.

Dégoulinant de sueur, il obtempéra.

Soudain, le désert. Une piste caillouteuse, puis un canal. Sur une vieille pancarte rouillée, le mot magique : « ruines ».

— On y va.

Le chauffeur baragouina, mais mon regard noir le dissuada de résister davantage.

Le mini-car s'élança, trop vite.

Il fit jaillir une gerbe d'eau, heurta les pierres du gué, faillit s'enfoncer, mais parvint à franchir l'obstacle.

Devant nous, une immensité de sable ocre et vierge.

— En avant.

Très mal à l'aise, le chauffeur fit grincer les vitesses.

À l'orée d'une piste, le faucon, perché sur une pierre dressée. Paisible, il nous regardait.

— Les dieux sont avec nous. On continue.

La piste menait à une dune, couronnée d'une bâtisse formée de briques, de cartons et de tôles.

Aucun point commun avec un temple.

Armé d'un fusil, un nerveux surgit de l'abri et pointa son arme vers nous.

Le Service des Antiquités ne plaisantait pas avec la préservation des œuvres d'art.

Palabres et surtout quelques billets qui auraient mérité d'être lessivés.

Il nous fallait quitter le car et poursuivre à pied.

Et ce fut l'éblouissement.

À moitié ensablée, une allée de sphinx conduisait à un

petit temple dont le sanctuaire se composait de trois chapelles aux murs couverts de scènes rituelles et de la parole des dieux.

Épigraphistes, géomètres et photographes se mirent au travail. À l'instant où je dégageai la base d'un pilier, un collègue en uniforme délavé rejoignit l'homme au fusil. Ses exigences, outre quelques billets supplémentaires, étaient simples et de bon goût : au terme de notre labeur, il faudrait réensabler afin de remettre les lieux dans l'état où nous les avions trouvés.

On ne plaisante pas avec la science.

Personne ne vit passer les heures. Le lieu était sublime, l'air lumineux, la température douce.

Et le soleil commença à décliner.

— Patron, me prévint l'un de mes équipiers, il fera bientôt nuit. Ce n'est pas de gaieté de cœur, mais il faut songer à rentrer.

Je traînai des pieds au maximum, mais me rendis à la raison.

Le réensablage assuré à la main, nous regagnâmes le mini-car.

Là, surprise.

En accélérant et en accélérant encore pour mettre le véhicule en position de départ, le chauffeur n'avait réussi qu'à l'ensabler. On ne voyait plus les roues.

Le type au fusil éclata de rire et me tapa sur l'épaule. De toute son existence, il n'avait jamais vu un pareil crétin, sans que je sache s'il désignait le chauffeur ou moi-même.

Compatissant, il nous procura des plaques de tôle et une pelle. À tour de rôle, on creusa.

La nuit tombait, le mini-car était dégagé.

Le chauffeur mit le contact, s'engagea sur les plaques et sortit du piège.

Dix mètres plus loin, il se réensabla.

Paniqué, il patina et creusa une nouvelle fosse.

— Stop, stop ! hurlai-je en vain.

Trop tard.

Il fallait tout recommencer, à la lueur de la lune. Cette fois, l'un de mes compagnons d'infortune décida de prendre le volant et de suivre exactement le même chemin qu'à l'aller.

Pendant quelques kilomètres, des pierres bordaient un semblant de piste.

Puis le vide.

Nous étions bel et bien perdus, en plein désert.

De l'obscurité sortit un homme maigre, de grande taille, vêtu d'une longue robe beige et coiffé d'un turban blanc.

Dans la main droite, il tenait un long bâton.

De sa démarche lente, calme et sûre, il s'approcha du mini-car.

— Auriez-vous besoin d'aide ?

— Certes oui ! Nous nous sommes égarés.

— D'où venez-vous ?

— Du vieux temple.

— Puis-je monter ?

— Je vous en prie !

L'homme s'installa à la droite du conducteur et indiqua la direction à prendre. À chaque piège de la piste, et il n'en manquait pas, il nous évita la catastrophe.

Apparurent les premières cultures.

— Vous n'avez plus qu'à suivre le chemin de terre qui aboutit à une route bitumée. Moi, je descends ici.

Pas le moindre village à proximité.

— Vous habitez dans les parages?

— Que le destin vous soit favorable.

— Nous vous devons quelque chose, avança le conducteur en sortant son portefeuille.

Courroucé, le regard de notre guide flamboya.

Il ouvrit la portière, descendit et s'éloigna dans le désert.

Je l'aurais volontiers suivi. Mais en se donnant la peine de remettre notre équipe sur le droit chemin, le maître des démarches ne lui signifiait-il pas qu'elle avait encore beaucoup de travail à effectuer?

LE GARDIEN DU SECRET

Le paysan se tâta les reins. Douleur ou pas, il fallait continuer, car la moisson n'attendait pas. Après une trop courte sieste, il sortit de son abri de roseaux et marcha d'un pas fatigué vers la lisière du champ où il avait attaché ses deux bœufs à un piquet.

Il se crut victime d'une hallucination.

Les piquets arrachés, plus de bœufs ! De mémoire de paysan, jamais ces bêtes dociles et paisibles ne s'étaient détachées.

Seule conclusion possible : un vol !

Le paysan n'était pas en bons termes avec ses voisins. Des disputes, quelques coups bas, un procès... On voulait lui faire payer sa petite fortune et la réfection de son corps de ferme, le plus beau de la région.

N'ayant pas sa langue dans sa poche, le paysan se rua chez le principal suspect, un bavard du grand Sud plus paresseux que son père, son grand-père et son arrière-grand-père réunis.

Le malfaisant nia avec tellement de véhémence qu'il en parut presque sincère.

Le deuxième suspect se comporta de la même manière et jura même, sur la mémoire de ses ancêtres, qu'il était innocent.

Désemparé, le paysan se rendait chez le maire pour y déposer plainte lorsqu'il aperçut un homme de grande taille, vêtu d'une robe rouge.

Apeuré, il se figea sur place.

Ce colosse n'était pas du coin. Sa vêture et son maintien trahissaient ses origines : un noble de haut lignage, riche et puissant.

— Où cours-tu, l'ami ?
— On m'a volé deux bœufs.
— En es-tu certain ?
— Tout à fait.
— Des soupçons ?
— Bien sûr, mais pas de preuves.
— Souhaites-tu retrouver tes bêtes ?
— Comment pouvez-vous en douter ?
— Alors, suis-moi.

Un détail affolait le paysan, mais il ne parvenait pas à le cerner. Néanmoins, il emboîta le pas au géant qui le conduisit loin du village.

Les deux bœufs se baignaient dans une mare, propriété d'un clan hostile. Le paysan les tira par les cornes et les ramena chez lui. Par bonheur, l'ennemi ne s'était aperçu de rien.

— Comment vous remercier, seigneur ?
— Tu possèdes bien un grand champ, à l'est de ta ferme ?
— Oui, mais...
— Allons-y.

Le paysan n'était pas de taille à lutter.

Stupéfait, il constata que le champ avait disparu. À sa place, une vaste étendue de sable ocre.

— Voilà longtemps que toi et tes proches ne vénérez plus le sacré.

— Détrompez-vous, seigneur ! Nous célébrons chaque jour la grandeur de Dieu et lui promettons d'exterminer tous les incroyants.

— Je vais créer le plan d'un temple. D'un vrai temple, dédié aux puissances de création, non à la folie des hommes, au fanatisme et au dogmatisme meurtriers.

Utilisant un long bâton doré, l'homme à la robe rouge traça dans le sable le sanctuaire secret, la salle du milieu, la salle à colonnes, la cour à ciel ouvert et le portail d'accès.

— Que désirez-vous de plus, seigneur ?

— Rien de plus. À partir de ce plan, tout pourra renaître.

Le paysan comprit enfin l'origine de son trouble : le grand personnage n'avait pas d'ombre ! Donc, il provenait de l'autre côté.

— Seigneur...

L'homme avait disparu.

Un vent violent se leva, le paysan se frotta les mains. En quelques heures, il disperserait la couche de sable, et le champ reverdirait. Puisqu'il avait retrouvé ses bœufs, autant s'offrir un bon bol d'alcool de dattes.

Quand il se réveilla, affecté d'une solide migraine, le paysan découvrit une vaste étendue verte, à l'exception du plan du temple, à jamais gravé dans un sable d'or qu'aucune tempête n'effacerait.

LES HIRONDELLES DE KARNAK

Peu après le lever du soleil, elles dansent dans le ciel, au-dessus du lac sacré. Puis les hirondelles de Karnak disparaissent et reviennent au couchant alors que le grand temple retrouve le calme.

Elles jouent, parlent, tracent des courbes et dialoguent avec les hiéroglyphes qui, malgré l'absence de ritualistes, continuent à faire vivre les scènes d'offrande et à célébrer les rites.

Personne n'a déchiffré le secret de leurs migrations, et ce n'est pas la science qui le déchiffrera, car elles viennent de l'océan des origines et y retournent. Périodiquement, l'âme des ancêtres, «les justes de voix», sort de l'au-delà et prend la forme des hirondelles dont la queue – la queue d'aronde – est un symbole permettant de lier les pierres entre elles et de nouer solidement les paroles magiques.

En les contemplant, on écoute la voix des ancêtres et l'on vénère leur invisible présence. Sans eux, ni passé, ni présent, ni avenir. Les vrais ancêtres ne sont pas les morts mais ceux qui sont devant nous.

Nos cimetières n'abritent plus que des tombes, non des demeures d'éternité, et les hirondelles se font de plus en plus rares. « Race en voie d'extinction », prédisent les spécialistes.

Au-dessus du lac sacré de Karnak, elles dansent encore avant de prendre leur ultime envol, sans retour.

LA BARQUE D'OR

John était émerveillé. Depuis son enfance, il rêvait de ce voyage en Égypte et de la découverte de Karnak, cette immense cité-temple où, malgré les destructions et les fanatismes, les divinités continuaient à vivre. Aucune photographie, aucun film ne procuraient une vision suffisante de la réalité sublime qu'il avait enfin devant les yeux.

Fidèle à lui-même, et uniquement à lui-même, Andrew, le meilleur ami de John, ressentait d'étranges émotions. D'ordinaire indifférent à l'architecture et à la sculpture, il ne pouvait dissimuler une certaine admiration pour tant de grandeur et de puissance.

— J'ai l'impression de revenir dans un paradis que je n'aurais jamais dû quitter, constata John.

— Ne t'emballe pas, ce ne sont que de vieilles pierres inanimées.

— N'entends-tu pas leur voix, qui domine le bavardage du monde extérieur ?

— Tu es trop mystique, mon vieux John ! Allons déjeuner.

En s'égarant dans les ruelles du vieux Louxor, les deux amis repérèrent un petit restaurant où l'on proposait du riz et du pigeon grillé. Un quinquagénaire jovial les servit d'abondance, vanta les mérites de sa cuisine puis baissa brusquement le ton.

— Vous n'êtes pas des touristes comme les autres. Désirez-vous connaître le secret du lac sacré de Karnak ?

— Encore faudrait-il en être digne, observa John.

— Ne tombe pas dans cet attrape-gogo ! protesta Andrew.

— C'est très sérieux, insista le restaurateur. Et je ne fais pas cette proposition à n'importe qui.

— Et tu demandes une grosse somme, je parie ?

Le restaurateur parut gêné.

— À vrai dire, l'initiative ne vient pas de moi, mais du gardien du lac. Il vous a repérés et m'a prié de servir d'intermédiaire. Lui n'exige jamais d'argent.

— Comment savait-il que nous viendrions ici ? s'étonna John.

— Il le savait.

— Quel baratin ! s'amusa Andrew. On doit s'entendre sur le prix d'abord. Sinon, ça deviendra du délire.

— Il n'y a pas de prix, déclara gravement le restaurateur. Le gardien du lac vous attend à minuit, à l'extérieur de la porte d'Orient.

— Pour nous proposer quoi ?

— Je l'ignore. Moi, je ne suis pas dans le secret. Bon appétit.

Les deux amis passèrent l'après-midi à Karnak et savourèrent un somptueux coucher de soleil.

— Tu ne comptes pas te rendre à ce rendez-vous ? interrogea Andrew.

— Bien sûr que si. Une occasion comme celle-là ne se présente qu'une seule fois.

— C'est une arnaque, John ! Et peut-être pis. Imagine qu'on te détrousse, que tu sois blessé, que...

— Je cours le risque.

Andrew jugea indispensable d'accompagner son ami. Vu sa stature, d'éventuels voleurs y regarderaient à deux fois.

À minuit, un homme âgé, vêtu d'une longue robe blanche immaculée et coiffé d'un turban rouge, s'approcha d'eux et les salua.

— Suivez-moi. Si l'invisible y consent, vous verrez le secret du lac.

— Alors, combien ? demanda Andrew, le sourire aux lèvres.

Le vieillard le dévisagea d'un œil incendiaire.

— Le seul prix à payer est un silence absolu.

— Un truc gratuit, ici ? À d'autres !

— Un vrai secret ne s'achète ni ne se vend.

— Pourquoi nous avoir choisis, nous ? s'inquiéta John.

— Parce que tu entends le langage des pierres. Je le répète une dernière fois : quand tu verras, garde le silence.

— Je tremble déjà de peur ! ironisa Andrew.

Aucun des policiers chargés de surveiller le site pendant la nuit n'interpella les visiteurs. Ils semblaient tous plongés dans un profond sommeil.

Andrew apprécia le professionnalisme de la combine, visiblement bien rodée.

Vivant au cœur des étoiles, les âmes des pharaons « justes de voix » faisaient briller la voûte céleste d'un éclat fascinant. Un vent léger ridait l'eau du lac sacré qu'éclairait la lumière argentée de la pleine lune.

Les bras croisés, Andrew ne voyait rien d'exceptionnel.

Soudain émergea des eaux une barque d'or. À la barre, un pharaon. Maniant les rames, des divinités. À la proue, Isis.

Dans le sillage de la barque, des pierres précieuses.

Sous le regard stupéfait des deux amis, la barque se prépara à l'accostage.

— Sacré tour de magie ! s'exclama Andrew, oubliant de respecter le silence. Qui a organisé ça ? Je veux rencontrer l'auteur et le féliciter !

Le regard d'Isis figea le profane sur place. Andrew eut l'impression que deux mains géantes le tiraient par les épaules.

Sans que sa surface présentât le moindre trouble, le lac l'engloutit.

Isis tendit la main à John.

Monter à bord de la barque d'or... D'une enjambée dont il se serait cru incapable, le voyageur franchit l'espace qui le séparait de la proue et prit sa place parmi l'équipage.

Le gardien du lac regarda le bâtiment disparaître peu à peu. Au terme d'un périple dans l'univers, son protégé reviendrait, porteur d'un trésor qu'il lui faudrait offrir à autrui.

Et l'homme à la robe blanche repartit vers le monde extérieur pour tenter d'y trouver un nouvel être capable d'entendre le langage des pierres et de voyager dans la barque d'or.

LA GRANDE PRAIRIE

Quand Howard s'installa dans la petite maison au maigre confort, une dizaine d'inspecteurs la prirent d'assaut. Leur chef, un maigrichon au regard agressif, oublia les règles de la politesse.

— Avez-vous un permis de fouilles?

— Non.

— Quelle université vous mandate?

— Aucune.

— Quelle institution reconnue?

— Aucune.

— En ce cas, il vous est rigoureusement interdit d'entreprendre des recherches dans la Vallée. Si l'un de mes inspecteurs vous y prend, arrestation immédiate.

Victorieuse et martiale, la troupe se retira.

Howard s'assit dans un fauteuil en rotin sur la petite terrasse, face à la montagne écrasée de soleil.

Il attendit patiemment la livraison d'un lit de camp, d'une moustiquaire, d'une table, de deux chaises et d'une malle remplie de vêtements et de quelques bonnes bouteilles.

Après son premier coucher de soleil, plus exceptionnel qu'il ne l'avait rêvé, Howard aménagea son modeste logement et s'endormit en pensant à l'aube fabuleuse qui se préparait.

Il ne fut pas déçu.

Ravi d'occuper un emploi bien payé, son domestique ouvrit la porte de sa chambre en annonçant fièrement :

— Le soleil, monsieur !

À peine Howard se levait-il que lui furent servis un café et des galettes chaudes fourrées aux fèves. Après un tel breakfast, inutile de déjeuner.

Vêtu d'un costume de lin, Howard marcha lentement jusqu'à la Vallée, prise d'assaut par des hordes de curieux.

Un inspecteur se rua sur lui.

— Vous n'avez pas le droit de fouiller !

— Comme vous pouvez le constater, je suis seul et ne dispose d'aucun outil suspect.

L'inspecteur tourna autour de l'aventurier.

— On vous tient à l'œil.

Indifférent à l'incessant défilé des meutes touristiques, Howard s'assit sur un muret et contempla les falaises dont il connaissait chaque facette. Comme toujours, en ce lieu de magie divine, le temps était aboli. La course du soleil ne concernait pas les humains, mais exprimait le mystère de la lumière, capable de vaincre le dragon des ténèbres.

Et chaque jour, Howard célébrait le même rituel.

Le chef des inspecteurs ne cessait de l'épier. Un homme comme lui ne pouvait pas renoncer à fouiller. Ne connaissait-il pas la Vallée mieux que les plus grands spécialistes ?

Quand il solliciterait un permis, à genoux et en sanglotant, les autorités imposeraient d'immenses délais, lui remettraient des papiers incomplets et recommence-raient la procédure à zéro jusqu'à le briser. Son propre pays l'avait abandonné et, malgré sa célébrité, il était seul et sans appui, lui qui avait commis une faute impardon-nable en réussissant là où tous les autres avaient échoué. Mettre ainsi en relief la médiocrité des prétentieux déclenchait d'inextinguibles jalousies.

Pourtant, Howard paraissait serein. Quelle que fût l'affluence, il parvenait à s'isoler dans un endroit peu fré-quenté et demeurait là jusqu'au couchant. Il ne prenait pas de notes et ne dessinait aucun croquis.

Le chef des inspecteurs se renseigna.

Howard avait quitté son pays pour s'installer dans cette modeste demeure, à l'orée de la Vallée. D'après son domestique, il ne se plaignait de rien, ne recevait personne, mangeait de bon appétit et saluait chaque lever de soleil avec un bonheur presque enfantin. Chaque nouvelle journée ressemblait à la précédente.

Dûment chapitré, le domestique avait exploré la mai-son de fond en comble, espérant découvrir des textes compromettants, des projets de fouille ou quelque autre indice révélant les véritables projets du suspect.

En vain.

«Une ruse», pensa le chef des inspecteurs. À force d'humiliations, l'étranger était devenu méfiant. Dès que la surveillance se relâcherait, il tenterait une offensive.

Alors, le chef fit semblant d'annuler le dispositif, comme s'il ne s'intéressait plus à cet hôte encombrant. En réalité, il utilisa ses meilleurs limiers, aptes à se fondre dans le paysage.

Rien ne se produisit.

Howard passait la journée dans la Vallée. La nuit, il

dormait chez lui. Il ne recevait aucune lettre et n'en envoyait aucune.

Le chef connaissait l'obstination de l'étranger. Cette fois, il était en position de faiblesse, et le temps jouait contre lui.

★

L'été transforma la Vallée en fournaise. La température ne modifia pas les habitudes du suspect. Toujours vêtu de façon sobre et élégante, il prit simplement la précaution de chercher les zones d'ombre aux heures les plus chaudes. En revanche, il se laissait baigner par les lueurs dorées du couchant.

Un dimanche, la canicule atteignit des sommets. Plus un seul touriste, des inspecteurs assoupis.

Le chef, lui, demeura en éveil. C'était forcément l'occasion que choisirait Howard pour repérer l'emplacement de sa prochaine fouille, dresser un croquis de position et prendre des mesures.

Le suspect se contenta de venir à sa rencontre.

Bien sûr, il tenterait de parlementer et de le soudoyer !

— Auriez-vous un peu d'eau ? demanda Howard. Je peux retourner en chercher chez moi, mais cela m'ennuierait de quitter la Vallée au zénith.

Méfiant, le chef lui accorda un verre du précieux liquide.

— Me voilà paré pour l'après-midi, estima Howard. Trop boire donne soif.

— Vous ne voulez rien d'autre ?

— Rien, merci.

Malgré la sévérité de la canicule, le chef ne relâcha pas sa vigilance. Il était impossible de courir et même de marcher vite sans avoir immédiatement les poumons en feu. Aussi était-il facile de suivre les déplacements du suspect.

Ni l'automne ni l'hiver ne modifièrent son comportement. Lorsque soufflait le vent froid, Howard s'asseyait en plein soleil.

N'y tenant plus, le chef des inspecteurs l'aborda.

— Que venez-vous faire ici ? Vous savez bien que vous n'obtiendrez plus jamais un permis de fouille !

— Je le sais.

— Alors, pourquoi cette obstination inutile ?

— Même sans permis, je continue à fouiller.

— Vous avouez enfin ! Mais comment vous y prenez-vous ? Je ne vous ai pas perdu de vue un seul instant ! Et que cherchez-vous ?

— Je ne cherche pas, j'ai trouvé. Je regarde le blé pousser et l'eau couler dans les canaux d'irrigation.

Le chef comprit : à force d'épreuves, Howard était devenu fou.

— Souvenez-vous du nom que les Anciens donnaient à cet endroit : la grande prairie. Pendant longtemps, je n'ai aperçu que des falaises et des roches. À présent, je ne me contente pas de regarder. Je vois. Et je vois à quel point nous ne savons pas voir, bien que tout nous ait été transmis et décrit. La découverte en vaut la peine, croyez-moi. Nul paysage au monde n'égale cette grande prairie où les ressuscités travaillent sans fatigue, où la beauté ne s'altère pas, où les épines ne piquent pas, où les serpents ne mordent pas. Ici, le bonheur n'est pas un vain mot. C'est pourquoi je lui rends quotidiennement hommage. Cette nature-là, l'homme ne pourra ni la souiller ni la détruire.

Le chef des inspecteurs regarda autour de lui, mais ne vit que des pierres.

À l'évidence, Howard tentait de l'abuser en lui racontant des fables pour illuminés !

Haussant les épaules, il s'éloigna.

★

Le jour de l'ancienne fête des morts, le chef fut pris de vomissements. Malgré une forte fièvre, il se rendit à l'unique accès de la Vallée pour en voir sortir Howard, au coucher du soleil.

Les derniers touristes passèrent.

Un garde refermait déjà la barrière.

— Attends, imbécile ! Et le suspect ?

— C'est l'heure, chef.

Convoqués, les inspecteurs reconnurent leur faute. En fin d'après-midi, une histoire de femmes avait provoqué, entre eux, une violente bagarre. Pendant quelques minutes, Howard était resté sans surveillance.

— Bouclez la Vallée et fouillez partout !

Comme prévu, le suspect avait profité de la première faille. Ce soir, il dormirait en prison.

La fouille approfondie se révéla infructueuse.

On recommença. Pas un recoin n'échappa au policier.

Pas trace de l'étranger.

Chez lui, personne. Le domestique l'avait vu partir, mais non revenir.

Le chef lança un avis de recherche sur tout le territoire.

Trois semaines plus tard, il apprit qu'Howard, décédé, avait été enterré dans son pays, mais ne crut pas à l'authenticité du certificat de décès. À l'évidence, le suspect se cachait dans la Vallée, avec la ferme intention de découvrir un nouveau trésor.

À l'aube d'un nouveau ratissage de grande ampleur,

un bouleversement politique annula l'opération. Le chef fut muté, les nouveaux maîtres du pays détruisirent les derniers vestiges de la Vallée et fermèrent les frontières.

La grande prairie retourna au silence. Il n'y avait plus rien à voir.

LE COUVREUR

Le village était au bord de la guerre civile.

La moitié des habitants approuvait les projets du maire, l'autre les combattait si vigoureusement que l'on ne tarderait plus à en venir aux mains, au point de ruiner tous les efforts accomplis depuis de longues années pour former une communauté harmonieuse.

Le maire convoqua le conseil municipal, aussi divisé que la population.

— Je n'ai pas l'intention d'imposer mon point de vue, annonça-t-il d'emblée. Je vous propose de réunir à la chapelle du dieu Thot mes principaux partisans et mes plus farouches adversaires. Bien entendu, la parité sera strictement observée.

— Il nous faut un observateur neutre, jugea l'ennemi juré du maire.

On s'interrogea et l'on aboutit à un choix approuvé par tous : le couvreur. Expert en géométrie, il n'avait jamais voté. Nul ne connaissait ses opinions, et l'on se félicitait de son travail, impeccable et robuste. Célibataire, sans enfants ni amis, il ne céderait à aucune pression.

Le couvreur achevait de réparer le toit de la chapelle quand le maire lui demanda s'il acceptait de vérifier l'identité des participants à la réunion au sommet, leur appartenance à un clan ou à l'autre, et de veiller à la rigoureuse égalité des deux partis. De plus, il siégerait devant la porte et empêcherait quiconque de troubler l'assemblée.

Le couvreur hocha la tête.

★

Ce fut une belle empoignade.

À chaque argument, fût-il sensé, s'opposait un discours enflammé, pétri de haine, de mauvaise foi et de rancune. Et personne ne tentait d'apaiser personne, bien au contraire. Les rancœurs explosèrent, les dragons se déchaînèrent.

Excédé, le maire décida de mettre un terme à cette foire d'empoigne. Il se leva, marcha d'un pas énervé jusqu'à la porte de la chapelle et tenta vainement de l'ouvrir.

Furibond, il frappa du poing.

— Tu es là, couvreur ?

— Je suis là.

— Ouvre cette porte immédiatement !

— Avez-vous terminé vos travaux ?

— Impossible de s'entendre.

— Alors, continuez.

— Qu'est-ce que ça signifie ?

— Vous êtes réunis pour façonner l'avenir du village. Donc, pas question d'échouer. Quand vous aurez réussi, vous sortirez.

— Je t'ordonne d'ouvrir !

Le couvreur demeura muet.

Les débatteurs tentèrent d'enfoncer la porte. Mais les trois barres d'acacia mises en place par le couvreur résistèrent. Quant aux trois fenêtres de pierre de la chapelle, elles étaient inviolables.

Partisans et adversaires du maire furent obligés de reprendre la discussion, dans une atmosphère pacifiée. N'en allait-il pas de leur survie ?

On aboutit à un vote : soixante pour cent en faveur du maire, trente pour cent contre, dix d'abstentions.

Le maire donna le résultat au couvreur.

— Insuffisant, jugea-t-il. Seule l'unanimité nous assurera des lendemains heureux.

— On ne l'obtiendra jamais !

— Je fais mon travail, faites le vôtre.

Le maire retira certaines propositions, en modifia d'autres. Les plus têtus commencèrent à écouter. À force de persévérance, l'assemblée finit par intégrer des points de vue apparemment divergents dans un ensemble cohérent et à concilier l'inconciliable.

Vers minuit, l'unanimité fut atteinte. Et personne ne regrettait son vote.

— Maintenant, tu peux ouvrir.

Les trois barres d'acacia furent ôtées, et les participants à la réunion saluèrent le couvreur qui vérifia l'état des lieux avant de refermer hermétiquement la porte de la chapelle.

Un tel miracle méritait de se perpétuer dans le silence.

LE VOTE SUPRÊME

Neuf ritualistes permanents, assistés de quelques temporaires, assuraient l'entretien de l'immense temple où, malgré la décadence irréversible de leur civilisation, ils continuaient à accomplir les rites. Sans eux, ni présence divine ni transmission de la vie.

Et l'un de leurs principaux devoirs, en tant que responsables de la Tradition, consistait à élire le nouveau pharaon à la suite de la récente disparition du souverain, décédé au terme d'un long règne.

Depuis toujours, le conseil des neuf sages désignait l'être investi de la fonction royale et chargé de faire vivre sur terre la loi de Maât, déesse de la justice, de la justesse et de l'harmonie sans laquelle nul bonheur ne voyait le jour.

Les neuf se réunirent au cœur du temple, dans la salle du milieu. Le doyen fut le premier à prendre la parole et à révéler son choix qu'il argumenta longuement, avec l'espoir de convaincre ses collègues.

Mais le responsable des archives sacrées manifesta son désaccord.

— Je ne nie pas les qualités de ton préféré, mais il se montre trop agressif. Un bon roi ne saurait être affligé d'un tel travers. Ne doit-il pas d'abord assurer la paix et la tranquillité ?

— En certaines circonstances, il faut savoir se montrer ferme, objecta le préposé aux tables d'offrandes. C'est pourquoi, au contraire, je propose un monarque qui saura inspirer la crainte et le respect. En ces temps troublés, n'est-ce pas la priorité ?

— La lumière du regard, voilà l'essentiel ! trancha le porteur du rouleau de la Règle. Si l'on s'en tient à ce critère, un seul candidat s'impose.

Cette position abrupte souleva de nombreuses protestations, exprimées de manière pondérée. Chaque ritualiste prit la parole à son tour, sans être interrompu.

Ces longs échanges ne permirent pas d'obtenir l'unanimité, et l'on dut se résoudre à poursuivre les débats le lendemain.

Installées à Alexandrie, très loin au nord d'Edfou, les autorités politiques attendaient le résultat du vote qu'elles n'oseraient pas contester. Seul le conseil des neuf pouvait inscrire à l'intérieur du cartouche, symbole de l'univers, le nom du nouveau pharaon.

Il ne restait plus que trois candidats sérieux, bien connus et très différents : un jeune agressif et conquérant, un d'âge moyen au regard lumineux, un d'âge mûr inspirant le respect.

— L'heure n'est malheureusement pas à la reconquête, déplora le doyen. Impossible de chasser l'occupant. Choisissons la voie de la modération.

La discussion reprit. Peu à peu, une majorité se forma. Seul le porteur du rouleau de la Règle campa sur ses positions.

— Trop âgé, le roi saura-t-il s'imposer?

— Trouves-tu que son regard manque de vigueur et que son autorité ne s'impose pas d'elle-même?

— Je reconnais que non.

— Acceptes-tu de former l'unanimité?

— J'accepte.

La procession se rendit auprès du nouveau pharaon, un imposant faucon. Il se percha sur l'épaule du supérieur qui grimpa l'escalier menant au toit du temple.

Le prêtre présenta le roi élu à l'Égypte et au soleil.

— Toi seul, être réellement vivant, incarnation du dieu Horus, seras le garant de Maât. De tes ailes à la mesure de l'univers, tu nous protégeras jusqu'à la fin.

Sur l'un des murs du sanctuaire, un tailleur de pierres sculpta le cartouche à l'intérieur duquel il aurait dû graver les hiéroglyphes composant le nom du pharaon et révélant son programme.

Conformément aux instructions du conseil, qui ne reconnaissait aucun occupant apte à remplir cette fonction vitale, le cartouche demeura vide.

LA VOIX DE DIEU

— Tu es complètement fou, Thamouz ! jugea l'armateur.

— Je suis un bon marin et je n'ai pas envie de me morfondre à terre, dans ce pays d'impuissants et d'hypocrites.

— Personne, pas même moi, ne te demande d'aller aussi loin ! Plus de dix bâtiments ont déjà fait naufrage dans ce coin-là. Cette mer est maudite !

Thamouz haussa les épaules.

— Je pars demain et je reviendrai avec une fortune.

— Fais d'abord ton testament, insensé !

— Inutile, je ne possède que mon bateau.

— Renonce, ami. Renonce, je t'en prie.

— Je veux en avoir le cœur net.

Réunir un équipage ne fut pas facile. Thamouz constata que sa corporation ne dérogeait pas à la règle : vaniteux, lâches, menteurs et égoïstes formaient une écrasante majorité. Il ne parvint à trouver qu'un muet, un sourd, un simple d'esprit, un désespéré, un chômeur prêt à tout pour travailler et trois curieux, inconscients des risques encourus.

Thamouz était à la fois un excellent navigateur et un meneur d'hommes. En quelques heures, il parvint à rendre cohérent ce ramassis d'égarés et à leur enseigner les manœuvres élémentaires. Se sentant utiles, heureux d'être commandés, ils se prirent au jeu et se débrouillèrent mieux que certains marins expérimentés, mais blasés.

Le sourd s'affirma comme un excellent cuistot. Bien nourri, jouissant d'un temps ensoleillé et venté, l'équipage vivait un rêve éveillé.

— Il paraît qu'on va faire fortune ? interrogea un curieux.

— Probable, répondit Thamouz.

— Pourquoi les autres ne se précipitent-ils pas vers le trésor ?

— Parce qu'ils ont peur.

— Alors, il y a du danger ?

— En mer, il peut surgir à n'importe quel moment. Regarde, là-bas. Que vois-tu ?

— Une sorte de dentelle... Et ça brille.

— Dans moins d'une heure, une vague énorme déferlera sur nous.

— Mais... Tout est si calme !

— Apparence trompeuse, matelot. Préparons-nous à la tourmente.

Thamouz ne se trompait pas.

Terrorisé, l'équipage se voila la face.

Solidement attachées par des cordages, les proies de la déferlante ne souffrirent que de plaies et de bosses. Aucune ne fut emportée. Dans la douceur d'un automne radieux, le bateau continua son voyage.

— Il y en aura d'autres, des vagues de cette taille-là ? s'inquiéta l'ex-chômeur.

— Je l'ignore, avoua Thamouz. C'est la première fois que je navigue aussi loin.

La sérénité inaltérable du capitaine rassura l'équipage.

La mer devint d'un bleu éclatant, le soleil brilla d'un éclat inhabituel.

Une voix puissante emplit le ciel.

— Le grand Dieu est mort.

Thamouz courut à la proue.

— Qui parle ?

Tétanisés, les marins se couchèrent sur le pont.

— Le grand Dieu est mort, répéta la voix. Transmets ce message.

Thamouz scruta le cosmos, cherchant un signe ou une présence. Les membres de son équipage se bouchèrent les oreilles.

— Le grand Dieu est mort, clama la voix pour la troisième fois. Transmets ce message et agis comme il se doit.

Le marin contempla l'immensité.

Le simple d'esprit s'approcha de lui.

— Thamouz... Ton nom ne signifie-t-il pas qu'Osiris, le fécondateur, a disparu ? S'il ne ressuscite pas, ce monde disparaîtra, lui aussi.

Les marins formèrent un cercle autour du capitaine.

— Dieu rit, et les dieux naissent, affirma le muet, retrouvant brusquement la parole. Dieu pleure, et les hommes naissent. Et toi, que fais-tu ?

— Moi, j'ai la chance d'avoir un équipage et un bateau. La voix ne nous indique-t-elle pas la bonne direction ? Puisque nous avons appris la disparition du grand Dieu, poursuivons notre route jusqu'au pays où la mort n'existe pas.

LE DERNIER SINGE

John Patmos rêvait d'un monde verdoyant, peuplé de centaines d'oiseaux multicolores qui jouaient dans un ciel bleu, lorsque le téléphone sonna.

Il le chercha à tâtons avant de se souvenir qu'il s'était endormi dans son canapé, à la suite d'une soirée trop arrosée à la vodka. Umberto, son ami de toujours, lui avait fait essayer plusieurs marques polonaises plus redoutables les unes que les autres.

Enfin, il posa la main sur le combiné et décrocha.

— John, c'est vous ? questionna une voix acide qui le réveilla brutalement.

— Bésurline... Vous avez vu l'heure ?

Peter Bésurline était le diplomate des Nations unies chargé de la recomposition de la nature, d'après les directives de la communauté scientifique internationale. Plus puissant que bien des chefs d'État, il ne prenait aucune décision sans l'accord des multinationales qui avaient récupéré depuis longtemps les divers mouvements écologiques noyautés par les politiciens.

— Il est onze heures trente-deux, précisa le diplomate. C'est un moment honnête pour vous réveiller, non ?

Patmos se gratta la tête.

— Je vous rappelle que je rentre de mission.

— Une urgence, John. Je vous attends à mon bureau à quatorze heures. Venez avec Umberto.

Nettement plus ivre que Patmos, son ami s'était effondré dans la baignoire. Dès que l'eau fraîche coula sur son visage, Umberto se redressa, furieux.

— J'ai horreur de ça ! Tu cherches la bagarre ?

— Bésurline nous convoque. On n'a pas beaucoup de temps pour se faire beaux.

Umberto massa son crâne chauve.

— Tu plaisantes... On ne va quand même pas repartir tout de suite ?

— Rasage, lavage, habillage... Allez, bonhomme, on se bouge !

Umberto détestait que John l'appelât « bonhomme », mais il avait trop mal au crâne pour protester. Et puis Peter Bésurline n'appelait jamais pour rien. La mission ne serait certainement pas de tout repos, néanmoins il y aurait une bonne prime à la clé.

— Il t'a dit ce qu'il attendait de nous ?

— Pas un mot.

— Il va nous mettre sur un gros coup, je parie !

— On pourra enfin quitter ce pays pourri et s'installer dans un coin tranquille où aucun haut fonctionnaire ne viendra nous importuner.

— Parle pour toi, John ! Moi, je me sens bien aux States.

— Tu ne regrettes pas ta Florence natale ?

— Je déteste l'art italien, la cuisine locale me fait grossir et j'adore les plats équilibrés aux légumes transgéniques. Aujourd'hui, on ne risque plus de s'empoisonner.

John songeait aux omelettes d'antan, avec de vrais œufs, et aux bonnes vieilles salades odorantes qui poussaient dans la terre, mais il devait admettre que son ami avait raison. Grâce aux progrès fulgurants de la biologie, chaque habitant de la terre se nourrissait selon son code génétique et préservait donc sa santé. La révolution agro-alimentaire était une réussite totale, et la population du globe pouvait désormais croître à l'infini.

Umberto était ravi de cette évolution qui avait mené l'humanité de l'état de brute poilue à la maîtrise absolue de la biogénétique. À présent l'homme, et l'homme seul, régnait sur la planète après avoir comblé les vœux des congrès de Rio et de Washington : que la nature soit totalement à son service.

— On prend ta moto, John ?

— En route.

Peter Bésurline était un quinquagénaire de taille moyenne, vêtu d'un costume gris et d'une chemise à col glacé. Une moustache noire, peu épaisse, n'animait guère un visage terne et passe-partout. Dans le vaste bureau du quatre-vingt-deuxième étage de la tour d'acier et de verre consacré à la « Défense de l'Environnement humain », il n'y avait que trois ordinateurs ultraminiaturisés et surpuissants. À n'importe quel moment, Peter Bésurline pouvait joindre les personnalités influentes.

À chaque fois qu'il pénétrait dans ce monde sans âme, John Patmos avait une réaction de recul. Mais il n'était pas assez fortuné pour refuser la convocation de Bésurline.

— Comment vous portez-vous, tous les deux ?

demanda le haut fonctionnaire de sa voix mielleuse de confesseur.

— Forme optimum, répondit Umberto en faisant saillir ses pectoraux sous sa veste de cuir.

— Vous ne dites rien, John ?

— J'avais prévu quelques jours de vacances.

— Renoncez-y.

— Notre dernière mission a été plutôt rude...

— L'abattage de la dernière baleine dans les eaux polaires ? Un long et pénible voyage, je vous l'accorde, mais vous avez bénéficié d'un équipement ultramoderne. Et je viens de recevoir un rapport qui confirme notre complet succès : plus un seul éléphant à la surface du globe, plus un seul monstre marin dans les mers et les océans. Telle est la loi de notre société, mes amis : tous les êtres qui ne correspondent plus aux exigences d'harmonie de notre espèce doivent disparaître. Qui supporterait aujourd'hui un monde peuplé de dinosaures ou d'autres créatures hostiles ? Les éléphants détruisaient les cultures, les gros cétacés polluaient les eaux. Nous avons conquis ces espaces de production pour nourrir à peu de frais des milliards d'humains.

John Patmos connaissait par cœur le discours de Bésurline que répétaient mot à mot les présidents des États les plus importants et que les autres ne contestaient pas. Sur les cinq continents, grâce à l'uniformisation de la doctrine économique globale, il n'y avait plus aucune discussion sur ces vérités d'évidence.

Umberto et John Patmos étant des chasseurs au flair exceptionnel et des trompe-la-mort aux techniques éprouvées, Peter Bésurline faisait appel à eux pour les opérations risquées.

— Quel lapin allez-vous encore tirer de votre chapeau ? demanda Umberto en se curant les ongles avec la pointe d'un couteau de commando.

— Pas un lapin, mais un singe.

Les deux chasseurs furent sous le choc.

— C'est une blague ? interrogea Umberto.

— Je n'ai pas l'habitude de plaisanter.

— Voilà dix ans qu'il n'en reste plus un seul !

— L'un de nos satellites spécialisés vient de repérer une forme de mammifère dont la structure moléculaire correspondrait à celle d'un cynocéphale.

— Votre satellite débloque ! s'emporta Umberto. Le dernier cynocéphale, je l'ai étripé moi-même en Afrique de l'Est.

Peter Bésurline se raidit.

— Aucun satellite ne se trompe, mais certaines données sont parfois difficiles à interpréter. C'est le cas, et vous allez vérifier sur place.

— La forêt amazonienne, je parie ?

— Les derniers hectares viennent d'être brûlés pour céder la place à des cultures rentables.

— Alors, où ?

— Au Soudan, dans une palmeraie si isolée qu'elle a échappé aux autorités sanitaires. Inutile de vous dire que ce ne sera pas une partie de plaisir. Mais cette bête peut propager des germes pathogènes, et son existence est une injure à notre programme de développement. Vous allez donc la tuer.

— Pas de problème, assura Umberto.

— Pas de problème, c'est vite dit, objecta John Pat mos Depuis l'extermination des derniers animistes, la République islamiste du Soudan est hostile à toute présence étrangère et pratique la terreur en toute impunité

— Vous n'allez pas faire de la politique, mon cher John ? s'inquiéta Bésurline.

— Alors ça, s'exclama Umberto, soyez tranquille ! Mais il n'a pas tort... Comment entrerons-nous dans votre fichu pays ?

— Tout à fait officiellement, messieurs, en tant que membres d'une mission humanitaire. Tel sera d'ailleurs votre rôle : supprimer la menace que ce singe fait peser sur l'humanité.

★

Quarante-cinq degrés à l'ombre et un vent de sable brûlant : le désert dans lequel progressaient les deux chasseurs et leurs cinq porteurs soudanais était un véritable enfer. Mais après une longue journée passée dans un bureau crasseux où des barbus et des femmes vêtues de noir de la tête aux pieds avaient examiné un bon millier de fois leur ordre de mission, Umberto et John Patmos préféraient encore affronter une nature hostile.

— Saleté de chaleur, saleté de pays et saleté de mission ! râla Umberto.

Patmos, lui, oubliait les conditions du voyage pour apprécier la splendeur sauvage du paysage. Lui qui avait traversé les dernières forêts de la planète et navigué sur des océans déchaînés, éprouvait une sensation nouvelle, mélange de sérénité et de crainte. La vision de l'immense étendue brûlée de soleil l'apaisait, mais il avait trop d'expérience pour ne pas flairer le danger.

— Quelque chose ne va pas ? demanda Umberto, percevant le trouble de son collègue.

— On n'est pas seuls, dans le coin...

— Je ne vois que du sable, à l'infini. Et si des pillards

pointent le bout de leur nez, nous aurons assez de puissance de feu pour les anéantir.

Umberto avait raison, comme toujours.

Mais Patmos fut quand même soulagé quand la petite troupe approcha d'un point d'eau entouré d'arbres à laine.

Lancée avec puissance et précision, la pierre frappa en plein front le Soudanais qui fermait la marche.

Foudroyé, il s'effondra sur le dos.

Umberto tira au jugé, puis il retourna son arme vers les quatre autres porteurs qui prenaient la fuite.

Les balles qui sifflèrent à leurs oreilles les dissuadèrent de continuer.

John Patmos les calma en leur expliquant que leur meilleure chance de survivre consistait à rester unis. Et ils devaient commencer par supprimer l'agresseur.

Les porteurs suivirent prudemment les deux chasseurs dont tous les sens étaient en alerte. Maîtres de leurs nerfs, ils sursautèrent à peine quand un Soudanais hurla.

Il venait de tomber dans une fosse masquée par des branchages et s'était empalé sur des pieux.

Indifférent au sort du malheureux, Umberto explora l'endroit, redoutant un autre piège.

— Tout va bien... Si l'on peut dire.

Terrorisés, les trois porteurs survivants s'assirent en se serrant les uns contre les autres.

— Ce n'est quand même pas un primate qui a imaginé ça !

— À Bornéo, avant d'être massacrées, les tribus de singes avaient organisé ce genre de guet-apens, rappela John Patmos.

Les yeux d'Umberto brillèrent de colère.

— Ce macaque, je l'achèverai au couteau !

Le chef des porteurs se leva.

— Il faut rebrousser chemin. Nous sommes sur le territoire sacré du grand singe qui possède la magie de la lune et frappe ses ennemis comme le feu du soleil. Même les docteurs de la Loi n'osent pas s'attaquer à lui.

— Ce n'est qu'une bête et elle a tué deux hommes !

— Ils n'ont eu que ce qu'ils méritaient. Et si nous allons vers le vieux temple, nous mourrons tous.

— Tu as été payé, mon gars, et tu iras jusqu'au bout ! Sinon, je te coupe la main. C'est bien le châtiment que ta religion inflige aux voleurs ?

— Le grand singe, lui, me prendra la vie parce que nous avons volé celle des siens. Cette justice-là, personne ne lui échappe.

Les deux autres porteurs approuvèrent.

— Nous n'avons plus besoin d'eux, estima John Patmos. D'après la carte, la palmeraie où se cache le cynocéphale n'est qu'à une heure de marche.

— O.K., O.K., concerta Umberto. Mais vous ne bougez pas d'ici en attendant notre retour. Votre singe, on va lui faire la peau.

Les deux chasseurs s'orientèrent droit vers l'objectif. Et Umberto eut un large sourire lorsqu'il aperçut les traces laissées par le gibier que le vent de sable, moins violent, n'avait pas encore eu le temps de recouvrir.

— Cette sale bête est fichue, John !

Patmos sortit de son sac à dos des jumelles de l'armée et les braqua sur un point vert afin de s'assurer qu'il ne s'agissait pas d'un mirage.

— C'est bien la palmeraie... Mais il n'y a pas que de la végétation. Les arbres cachent de vieilles pierres.

— J'ai de quoi faire sauter n'importe quel bunker ! Et dire que partout où on passe, il faut finir le travail tous les deux... Des Indiens d'Amazonie aux Bantous en passant par les Esquimaux, rien que des dégonflés ! On parade, on se vante, mais quand il faut porter le coup fatal, c'est la fuite... Heureusement qu'on est bien payés. Et puis on travaille pour le bien de l'humanité.

En approchant de l'objectif, les deux chasseurs découvrirent une cinquantaine de palmiers doum dont le tronc se divisait en deux grosses branches. Les palmes protégeaient un temple de l'ancienne Égypte, à moitié détruit, mais dont il subsistait quelques murs et un sanctuaire au toit intact.

— Si on mettait le feu ? suggéra Umberto.

— Vérifions d'abord que le singe est bien ici.

À l'aide d'un appareil de visée qui analysait la structure moléculaire des êtres vivants en un point donné, John Patmos explora toute la surface de l'oasis.

— Alors ?

— Les résultats ne sont pas clairs.

— Ne me dis pas que Bésurline nous a refilé du matériel pourri !

— Ça marche, mais j'obtiens des résultats contradictoires. En tout cas, il y a un mammifère.

— Laisse tomber tes engins, on fera le travail à la main.

— Soyons méfiants... Tu as vu de quoi ce cynocéphale est capable.

— On a exterminé des monstres plus gros !

L'arme à la main, les deux chasseurs progressèrent lentement vers l'objectif. Le vent était tombé, un silence total régnait dans l'oasis.

— Il doit se cacher dans un arbre... On va le déloger.

Umberto tira plusieurs rafales qui ne déchirèrent que des palmes.

— Tu pourrais m'aider, John !

Patmos semblait fasciné par un bas-relief.

— Qu'est-ce que tu regardes, bon sang ?

— Le sculpteur a représenté un grand singe avec le disque lunaire sur la tête... C'est superbe.

— Tu dérailles ou quoi ?

— J'aime cet endroit, Umberto ; c'est comme si j'y avais vécu heureux, autrefois.

— D'accord, mon vieux, on a tous nos petites folies, mais pas pendant le boulot ! Pas la peine d'ergoter, le babouin s'est planqué dans la chapelle qui a encore un toit. J'y vais au couteau... Un petit combat au corps à corps, ce n'est pas fait pour me déplaire.

— Un cynocéphale possède des crocs redoutables. Même toi, tu ne feras pas le poids.

La mise en garde impressionna le chasseur.

— Tu as raison... Une balle entre les deux yeux, c'est plus sûr.

Les deux hommes pénétrèrent dans le sanctuaire où régnait l'obscurité.

Avec le viseur de sa carabine qui lui permettait de repérer une proie dans les ténèbres, Umberto inspecta la pièce.

— Il est là, au fond... Un sacré morceau, je t'assure ! Mais il est complètement immobile.

John Patmos posa deux torches puissantes sur le sol et les braqua vers l'occupant du temple.

— On jurerait une statue...

— Fais gaffe, John !

Indifférent au conseil de prudence, Patmos s'avança vers l'énorme cynocéphale. Assis sur son derrière, le buste droit, les mains posées à plat sur ses cuisses, il avait une allure d'une incroyable noblesse.

La profondeur de son regard cloua sur place le chasseur.

Non, ce n'était pas une statue, mais le dernier singe vivant sur la planète, avec des yeux où l'intelligence se mêlait au courage d'affronter une mort inéluctable, après avoir lutté jusqu'à l'extrémité de ses forces.

— Écarte-toi, John.

— On ne tire pas, Umberto.

— Tu deviens fou ou quoi ? Un contrat, c'est un contrat !

— Je l'annule.

— Tu ne sais plus ce que tu dis... Bésurline nous a donné un ordre !

— Ce singe, c'est notre avenir.

Umberto n'en croyait pas ses oreilles.

— Mais qu'est-ce qui t'arrive, John... Tu crois que le progrès ira à reculons ?

— Si on tue cet être-là, il n'y aura plus aucun espoir pour l'humanité. Demain, elle ne sera composée que de Bésurline.

— Tu es à côté de la plaque, mon pauvre vieux ! Le seul problème, c'est le montant de la prime que nous toucherons en échange du cadavre de ce singe.

— Sors de ce temple, Umberto, et va-t'en.

John Patmos se plaça devant le cynocéphale.

— Je dois tirer, John.

— Alors, tue-moi. Tue vingt ans d'amitié et détruis cet être unique et irremplaçable.

Umberto braqua son arme.

— D'une seule balle, je transperce ta tête et celle de ce monstre.

— Qu'est-ce que tu attends ?

Le doigt se crispa sur la détente. Patmos ne bougea pas d'un pouce.

— Va-t'en, Umberto, tu n'as plus rien à faire ici.

Le chasseur recula, pas à pas.

— Tu n'as aucune chance de t'en sortir, John. Et ne compte pas sur moi pour t'extraire du pétrin.

— Quand Bésurline te donnera l'ordre de nous abattre, le singe et moi, méfie-toi. Tu seras le prochain sur la liste.

Umberto jeta son fusil contre un mur et quitta le sanctuaire.

Lorsqu'il fut certain que la paix était revenue dans l'oasis, John Patmos se retourna.

Le cynocéphale n'avait pas bougé, son regard était pensif. La noblesse de cette attitude rappelait qu'il restait, sur terre, le dernier interprète de Thot, le dieu de la connaissance.

— Tu n'as plus rien à craindre, déclara Patmos ; mais moi, j'aimerais rester. À deux, on pourrait peut-être reconstruire un petit bout de monde.

L'homme tendit le bras.

Lentement, très lentement, le grand cynocéphale l'imita.

Les yeux dans les yeux, le dernier singe et l'homme se serrèrent la main.

Première parution dans « Des mots pour la vie », *Pocket, 2000.*

LE GARDIEN DU TRÉSOR

Peu avant midi, il plut des abeilles mortes.

Les dernières du pays, prises dans un nuage de désherbant destiné à plusieurs hectares de luzerne.

Ce produit-là, et quelques dizaines d'autres, auraient dû être interdits. Mais la justice ne s'était pas encore prononcée sur leur éventuelle nocivité. Il faudrait encore quatre ou cinq ans avant que le tribunal international spécialisé dans les catastrophes chimiques consentît à examiner les rapports d'experts.

À cette date, il y aurait prescription. Ainsi, l'agriculture industrielle continuerait à prospérer en utilisant un maximum d'insecticides et de pesticides. Il fallait bien nourrir la population.

En montant dans l'avion à destination de l'Égypte, l'homme à la mallette jouait sa dernière carte. Au laboratoire, on avait conclu qu'il était impossible de conclure, car la science ne parvenait pas à cerner le problème des abeilles. Impossible, par exemple, de déterminer avec précision leur aire de butinage. Dans ces conditions, on renonçait à savoir quel type de produit chimique pouvait se révéler nuisible et l'on se contentait donc d'observer la situation en préparant de nouveaux tests, sans savoir s'ils seraient agréés par l'organisme de contrôle.

Aussi l'homme à la mallette devait-il gagner la région d'Égypte où venait d'être signalée la dernière ruche en activité.

Comme d'habitude, les syndicats d'apiculteurs s'étaient entre-déchirés, chacun voulant tirer la couverture à lui en protestant de sa ferme détermination à sauver les survivantes. Pendant que leurs représentants s'insultaient au cours de débats interminables, il convenait d'agir.

L'homme à la mallette attendait avec impatience le départ de l'avion, déjà retardé d'une vingtaine de minutes. Par chance, la compagnie n'était pas en grève. On ne pouvait, en plus, lui demander d'être à l'heure.

Au laboratoire, on devait s'être aperçu de la disparition du trésor et l'on avait prévenu la police afin d'intercepter le coupable.

Lui, son ultime protecteur.

— Décollage dans cinq minutes, annonça le pilote.

À la gauche du gardien du trésor, une jolie brune lisait le journal. La une relatait l'agonie des abeilles qui, à cause de la disparition des mares, des étangs et des rivières, mouraient de soif.

Cette femme appartenait-elle aux forces de sécurité ?

En ce cas, il serait arrêté à l'arrivée.

Elle commença à remplir une grille de mots croisés.

Un voyageur passa dans l'allée et dévisagea le gardien du trésor qui fit semblant de ne pas l'apercevoir.

Un autre policier ?

Le fugitif serra sa mallette. S'ils connaissaient son contenu, ils la lui arracheraient.

Incapable de toucher au plateau-repas, d'ailleurs peu comestible, il se contenta d'un verre de vin rouge, au goût vinaigré.

Dans les nuages, l'avion entama sa descente. De belles secousses, un atterrissage heurté, l'immobilisation de l'appareil, la mise en place de la passerelle, la porte qui s'ouvre... Le gardien du trésor fut le dernier à sortir.

Personne ne l'interpella.

La jolie brune se suspendit au cou d'un play-boy, les voyageurs récupérèrent leurs bagages.

Le gardien du trésor s'engouffra dans un taxi et lui demanda de le conduire jusqu'à un petit village, à la lisière du désert, où s'éteignaient doucement une trentaine de vieillards.

De pauvres demeures, un four à pain, un grenier... Ici, rien n'avait changé depuis longtemps. Le gardien du trésor traversa le village, emprunta un chemin de terre longeant un verger et atteignit la ruche.

Trop tard.

Elle aussi était désertée, comme toutes les autres.

Las, il s'assit sur un muret de pierres sèches.

Un lointain bourdonnement attira son attention. Intrigué, l'homme se dirigea vers un sycomore où le dernier essaim avait trouvé refuge.

À la petite communauté, il manquait l'essentiel pour survivre et œuvrer.

Le gardien du trésor ouvrit sa mallette d'où il sortit une boîte contenant l'avenir : une reine. Une reine d'Égypte préservée en Occident et de retour chez elle.

S'éveillant de son sommeil, elle s'envola vers son clan dont les membres se réorganisèrent selon la hiérarchie ancestrale. Grâce à elle, les abeilles continueraient à féconder le monde.

LA VACHE CÉLESTE

Quand ils ont décidé d'abattre mon troupeau, je me suis enfui avec la plus belle de mes vaches, Hathor. Que faire d'autre, en face d'une centaine d'hommes lourdement armés ? En raison de sa douceur, de son charme et de la lumière de ses yeux, Hathor méritait de porter le nom de cette grande déesse de l'Égypte ancienne.

Au moment d'abandonner ses compagnes, elle poussa un mugissement à fendre l'âme. Elle accepta de presser son pas d'ordinaire si tranquille pour gagner un refuge de haute montagne que j'avais construit de mes mains et dont l'existence n'était connue de personne.

Dans moins d'un an, la totalité des troupeaux de la région serait anéantie. L'homme ayant déclaré la vache folle, il la supprimerait de la surface de la terre. La production accélérée de viande et de lait synthétiques nécessitait bien moins d'efforts que l'entretien d'animaux vivants.

Le décret de loi ne laissait subsister aucune ambiguïté : toute vache étant naturellement porteuse de germes, elle devait être éliminée. Même en Inde, désormais sur la voie du progrès, le message avait fini par passer. Seuls quelques spécimens seraient conservés dans un zoo, à l'abri de vitres blindées.

Hathor et moi vécûmes d'inoubliables semaines de paix. J'étais persuadé qu'aucun agent du service de la répression animale ne grimperait jusqu'ici.

Je me trompais.

Ils étaient deux, un grand maigre et un petit gros.

— Agent E 235, déclara le premier. Mon collègue est l'agent E 240. Êtes-vous le propriétaire ?

— Ça se pourrait.

— Des animaux, ici ?

— À part moi-même, personne.

— On doit perquisitionner.

— Propriété privée, on n'entre pas.

— Ça sent la vache, observa E 240. Mon instinct ne me trompe pas. Votre nom ?

— Fernand le sauvage. Ma spécialité, c'est l'abattage des cafards.

— Votre tête me dit quelque chose, estima E 235. Je suis presque sûr que vous possédiez un troupeau de vaches, dans la vallée.

— Je possède surtout un fusil et je sais m'en servir

La vue de l'arme produisit un effet certain.

— Soyez raisonnable, recommanda E 240. Remettez-nous cet animal dangereux, et nous n'entamerons pas de poursuites contre vous.

— Déguerpissez !

— Nous reviendrons avec de gros moyens. Votre vache sera abattue et vous irez en prison.

— On verra bien.

E 235 et E 240 battirent en retraite.

Ils ne parlaient pas à la légère, leurs avertissements devaient être pris au sérieux.

Cette fois, aucune possibilité de fuir.

Je me rendis à l'étable et caressai longuement Hathor, si douce, si belle et si paisible.

D'un commun accord, nous prîmes une décision irréversible.

★

De gros moyens, en effet.

Un hélicoptère de combat et dix commandos équipés d'armes sophistiquées. À leur tête, E 235 et E 240 marchèrent jusqu'au banc où je m'étais assis, contemplant le crépuscule. La soirée était magnifique, le ciel complètement dégagé.

— Comptez-vous opposer de la résistance ? demanda E 235.

— Pas la moindre.

— Remettez-nous votre fusil.

— Vous le trouverez au ratelier.

Deux commandos me surveillèrent pendant que leurs collègues fouillaient mon refuge.

— C'est vide, conclut E 240, mais il y avait bien une vache dans votre étable !

— Exact.

— L'auriez-vous obligée à s'enfuir ?

— Pas du tout.

— Avec l'hélicoptère, nous ne tarderons pas à la rattraper et nous l'abattrons !

— Ça m'étonnerait.

E 235 me fixa méchamment.

— Aucune vache ne m'a jamais échappé.

— Ce sera ton premier échec.

— Où est-elle?

Le soleil venait de se coucher.

— Là-haut.

— Au sommet de la montagne?

— Non, bien plus haut! Levez les yeux et regardez. Vous ne voyez pas ce corps immense, avec la tête, les cornes, le dos, les pattes, la queue et la voie lactée? Désormais, Hathor donnera du lait aux étoiles et nourrira la lumière des constellations. Au point où nous en sommes, pourquoi une vache resterait-elle sur le plancher des hommes?

L'HOSPITALIER

Les barbares déferlaient.

Même les quartiers riches avaient été envahis. Plus aucun endroit sûr. Armée en déconfiture ne sachant plus à qui obéir, police débordée et souvent complice, lâcheté généralisée, collaborateurs tentant de sauver leur peau... Je n'en croyais pas mes yeux.

Il y a des moments où l'on est content d'être célibataire. Je suis sorti de la ville par l'ouest et me suis enfoncé dans le désert.

Dans le lointain, des incendies. Même les temples seraient détruits.

Soudain, une lueur.

Une belle maison fortifiée dont le porche était illuminé par une torche.

À bout de souffle, le cœur battant, je frappai à l'imposante porte de cèdre.

— Ouvrez, je vous en supplie !

Silence.

Je frappai encore plus fort.

— Qui est là ? interrogea une voix puissante.

— Dehors, c'est la guerre totale ! Ouvrez, par pitié !

— De quel côté es-tu ?

— Je ne suis qu'un prêtre en fuite !

— Qu'est-ce que tu m'offres ?

Je fouillai les poches de ma tunique.

— Une amulette protectrice, ça vous ira ?

— Tu me prends pour qui ?

— Je... Je n'ai rien d'autre !

— Voyons ça.

La porte s'ouvrit.

Face à un corpulent barbu aux yeux de braise, j'eus envie de déguerpir. Ce sauvage pouvait m'écrabouiller d'un seul coup de poing.

— Qu'est-ce qui t'arrive, le prêtre ?

— La guerre... Vous n'entendez pas ?

— Ici, elle ne passera pas. Entre.

Ce n'était pas un palais, mais ça y ressemblait. Mobilier en bois précieux, sculptures antiques, dallage.

— Je te sers à boire.

Pendant quelques instants, j'oubliai ma peur.

En me brûlant l'estomac, l'alcool de dattes me rappela l'incendie des bâtiments officiels qui avait déclenché la panique générale.

— Tu ne tiens pas trop les boissons naturelles, on dirait. À force d'oublier la réalité, tu perds vite pied.

— Puis-je dormir ici ?

— Ça, on verra. Explique d'abord.

— En ville, c'est l'émeute et l'anarchie ! Les barbares égorgent les innocents, femmes et enfants compris, et proclament leur loi !

— Et ça te surprend ?

La question me laissa sans voix un long moment.

— Oui, tout de même...

— Tu n'avais donc rien vu venir ?

— Je n'y croyais pas ! Les autorités assuraient que tout finirait par s'arranger. On n'allait quand même pas s'entre-tuer !

— La preuve que si. Tu appartiens donc à la cohorte des gentils-gentils qui ne veulent jamais entendre parler du danger.

— Les hommes ne sont-ils pas destinés à s'aimer, à effacer leurs différences et à être égaux ?

De son poing fermé, mon hôte se frappa le front.

— Je suis tombé sur le pire des légumes ! Sors d'ici.

— Attendez, je ne suis quand même pas coupable !

— Évite les « quand même » et les « tout de même », et admets la vérité : avec ton humanisme bêtifiant, tu es complètement aveugle et sourd. Et te voilà perdu au fil de l'eau. Moi, je ne suis pas payé pour récupérer les épaves.

— Maintenant, j'ai compris !

— Maintenant, c'est trop tard.

— Je me battrai !

— Sais-tu te servir d'une arme ?

Penaud, je baissai la tête.

— Je croyais à la paix.

— Il suffisait pourtant d'écouter et d'observer. Mais la bêtise continue à diriger le monde, et tu en es un digne représentant. Tu vas déguster un plat de fèves et tu déguerpiras.

— Ils me tueront !

— Ce n'est pas mon problème. Je recueille les êtres courageux qui ont besoin d'un moment de calme, pas les inutiles et les inconscients. Mange et disparais.

— Ils ne vous épargneront pas, avançai-je.

— Bien que cette maison ait vu déferler quantité de

hordes barbares, elle est toujours debout. À ma mort, un autre hospitalier prendra ma place et accueillera les êtres dignes d'estime.

— Et si je devenais votre assistant?

Le barbu me regarda d'un drôle d'œil.

— N'ouvrirais-tu pas la porte à n'importe qui?

— Apprenez-moi à être lucide.

— Rien de plus simple.

Il s'empara d'une épée et d'une lance.

— Je vais trucider quelques malfaisants et ne reviendrai pas. Bonne chance, mon gars.

— Attendez, vous n'allez pas...

— Puisque tu as trouvé le bon endroit, montre-toi à la hauteur. Devenir hospitalier, quoi de plus utile?

RAMSÈS EST TOUJOURS VIVANT, IL DÉJEUNE À LOUXOR

Un hôtel au bord du Nil, à Louxor. Une merveilleuse journée de printemps, un soleil doux, la montagne thébaine dont les formes se dessinent dans une lumière précise.

Après une matinée studieuse au temple sous le regard des statues vivantes des pharaons, l'heure est au repos. Déjeuner frugal et bière légère, sur une petite terrasse ombragée.

Le bleu du ciel et le vert des palmiers offrent une harmonie qui m'enchante toujours davantage. Ce jardin bien entretenu rappelle ceux des grandes villas du passé où il faisait bon prendre le frais autour d'une pièce d'eau.

Le bonheur, tout simplement.

Un cri aigu brisa ma méditation.

— Ramsîs, Ramsîs !

De Ramsès, j'en connaissais onze. Onze pharaons qui avaient formé une lignée illustre dont le plus célèbre représentant était le deuxième du nom

Même si sa présence ici n'avait rien d'anormal, le voir

réapparaître tant de siècles après son décès officiel méritait attention.

Ramsès se planta devant moi, l'œil gourmand. Mes textes hiéroglyphiques l'intéressaient nettement moins que ma pomme, je veux dire le fruit que je m'apprêtais à déguster.

— Ah, tu es là, Ramsîs ! constata avec soulagement le chamelier. Tu comprends, me dit-il, Ramsîs mange de tout. Tu veux bien lui donner ta pomme et puis l'orange aussi ?

Dans de telles circonstances, impossible de tergiverser.

Le chameau n'est pas un animal docile, mais celui-là était une véritable crème. Son regard langoureux traduisit son intense satisfaction.

De son pas souple, non dénué d'élégance, il partit en quête d'un nouvel hôte.

Quand on s'appelle Ramsès, le monde vous appartient.

LE ROYAUME DES FEMMES

Couronnement d'une brillante et fulgurante carrière au service de l'État, je venais d'être nommé général en chef de l'armée. Formée de rudes gaillards, elle assurait le maintien de l'ordre dans les nombreuses provinces de l'empire et maintenait ainsi sa cohésion.

Jusqu'alors, elle n'avait affronté que de piètres adversaires, vite écrasés.

Et l'incroyable nouvelle venait de parcourir la capitale : elles avaient osé. Elles, ces maudites femelles qui, d'après leur reine contestataire, ne supportaient plus d'être humiliées, battues, reléguées au fond de leur demeure et considérées comme de simples pondeuses au service de nos légions ! Les révoltées s'étaient enfuies pour former un simulacre de royaume, au nord du fleuve Majeur.

Quelques rares tribuns s'élevèrent pour affirmer qu'elles n'avaient pas tout à fait tort. L'empereur les fit tous exécuter, et plus aucune opinion discordante ne se manifesta. Ce fut donc avec l'appui inconditionnel des autorités que je pris la tête de l'armée, afin de réduire à néant le royaume des femmes.

Certains de remporter une victoire facile, les soldats chantaient à tue-tête des chansons grivoises vantant la toute-puissance des mâles. Dieu leur avait donné la suprématie, et c'était la raison sacrée pour laquelle aucune femme ne pouvait accéder aux plus hautes fonctions. Le témoignage d'une femme – lorsqu'un juge faible d'esprit le retenait – ne valait-il pas la moitié de celui d'un homme ?

Les insensées n'avaient prévu aucune ligne de défense devant le fleuve Majeur que nous franchîmes sans la moindre difficulté.

Bientôt, nous vîmes le médiocre camp fortifié que cette bande de folles avait édifié à la hâte. Une pauvre clôture de pierres sèches, un portail de bois, une ridicule tour de guet où s'agitait une sentinelle.

En vertu d'une prudence que mes officiers supérieurs jugèrent grotesque, j'envoyai deux éclaireurs qui revinrent le sourire aux lèvres.

— Général, nous vous recommandons une attaque massive. En moins d'une heure, tout sera balayé.

Ainsi fut fait.

La vague d'assaut enfonça le portail et découvrit une centaine de tentes. Prises de panique, désespérées, les folles se terraient à l'intérieur de leur camp, comptant sur ma clémence. Je n'eus pas l'occasion de l'exercer, car plusieurs officiers, sans attendre mes ordres, incendièrent les médiocres abris pendant que les soldats les criblaient de flèches.

« Méprisable massacre », pensais-je, incapable de m'associer aux hurlements de victoire.

Enivrés à l'idée de piétiner les cadavres des vaincues,

mes guerriers furent incapables de réagir quand les femmes attaquèrent de tous côtés. Attirés par les tentes vides comme des mouches à miel, imbus de notre évidente supériorité, nous n'avions prévu aucune position de repli.

Disciplinées, excellentes archères, parfaites manieuses de lances, rapides et déterminées, elles réussirent un carnage méthodique au prix de faibles pertes. Les lambeaux de mon armée s'enfuirent en désordre.

Moi, je demeurai au centre du camp, préférant la mort au déshonneur. L'empereur ne me pardonnerait pas une telle défaite.

Des centaines de guerrières m'entouraient, prêtes à frapper.

Apparut une superbe femme blonde à cheval. Les cheveux au vent, les jambes nues, elle ne portait qu'une légère cuirasse en or.

Jamais je n'avais contemplé une aussi belle créature. Oubliant qu'elle allait ordonner mon exécution, je m'emplis l'âme et le regard de cette vision paradisiaque.

— Je suis la reine Sarpota, déclara-t-elle d'une voix envoûtante. Es-tu le général en chef?

— C'est bien moi. M'accorderas-tu la grâce de mourir en combattant?

— Pour l'heure, je dois t'interroger.

Je lâchai mon épée, ôtai mon armure et suivis la reine, encadrée de farouches guerrières qui m'abattraient au moindre geste hostile.

À bonne distance du campement qui avait servi de piège, les femmes avaient édifié une ville fortifiée ceinte d'une épaisse muraille. À l'intérieur, des ruelles pavées et de jolies maisons blanches. Au centre, un palais précédé d'un portique.

La reine sauta à terre.

— Conduisez le général à ma salle d'audience et laissez-nous.

— N'est-ce pas imprudent, Majesté ? s'inquiéta la Supérieure de sa garde d'élite.

Sarpota se contenta de sourire.

Dans l'œil de mes vainqueurs, une lueur de haine. Elles m'auraient volontiers massacré pour me faire payer tous les sévices que leur avaient infligés mes semblables.

On m'abandonna dans une petite salle à deux colonnes. Des fresques murales représentaient des femmes terrassant des serpents.

Quand la reine réapparut, elle était encore plus belle. Ses cheveux tressés formaient une sorte de couronne, elle était maquillée avec raffinement et portait une robe de soie dorée au profond décolleté.

Avec une élégance suprême, elle s'assit sur un trône en bois d'ébène.

— Nous avons exterminé votre armée, général, mais ce n'est qu'un coup d'éclat. Je veux connaître l'étendue réelle de vos forces et le plan de bataille que l'empereur ne manquera pas de développer. Ou bien vous parlez, ou bien je vous livre à mes guerrières.

— Vous n'avez aucune chance de survivre.

— Laissez-m'en juge.

— Vous me demandez de trahir !

— Vos états d'âme m'indiffèrent, général. Seule la liberté des femmes m'intéresse. Pour la dernière fois, acceptez-vous de répondre ?

Je me levai et fis un pas en direction de la reine.

— Majesté, je viens de tomber follement amoureux de vous. Un amour absolu, impérieux. Tout ce que vous exigez de moi, vous l'obtiendrez. Je me moque de l'empereur, de l'armée, de ma carrière et même de ma mort. Le seul sens de ma vie, même si elle doit bientôt se terminer, sera de vous aimer.

Elle me regarda, avec une intensité qui me fit frémir. Puis elle se dévêtit, très lentement.

J'osai franchir l'espace qui nous séparait et la prendre dans mes bras. Dans un même élan, nous nous offrîmes les joies de l'amour, nourries par la fougue de notre jeunesse.

— Pourquoi avoir commis cette folie ? lui demandai-je.

— Si les femmes avaient continué à subir leur condition d'esclaves, leur génie se serait éteint et notre monde serait devenu invivable. Votre dieu mâle et tout-puissant nous a réduites au rang de créatures inférieures, engendrant ainsi le pire des désordres. Ne pas lutter serait une lâcheté mortelle.

Une semaine durant, nous vécûmes reclus dans le palais.

Je l'écoutai parler avec sérénité de son nécessaire combat contre l'oppression et ne trouvai aucun argument à lui opposer. Comment avais-je pu être à ce point aveugle et sourd en soutenant le clan des persécuteurs ?

Je révélai tout ce que je savais de l'état réel de l'empire. Malade, le dictateur suprême ne tarderait pas à mourir, mais son probable successeur ne vaudrait pas mieux et continuerait à traiter les femmes comme des créatures inférieures. Toutes les réserves seraient mobilisées en vue d'un nouvel assaut.

— Nous mourrons les armes à la main, promit la reine. Jamais nous ne redeviendrons esclaves.

— Il existe une meilleure solution. À dix journées de cheval d'ici, une contrée déshéritée vous procurera un abri sûr. À la suite d'horribles pillages, tout a été détruit, et personne n'a plus osé s'installer dans la région. Vous, vous la ferez refleurir.

— Tôt ou tard, les soldats de l'empereur nous attaqueront.

— Non, car je connais le moyen de les éliminer.

— Voilà longtemps que je ne rêve plus !

— Ce n'est pas un rêve, Majesté. Que vos guerrières m'aident à élargir le fossé du feu secret, non loin de votre camp. Le nouveau commandant en chef ignorera ce péril, et la terre engloutira ses troupes.

Le jour même, toutes les femmes libres se mirent à l'œuvre. La reine implora la déesse Isis, célébra ses mystères et me fit franchir plusieurs étapes de son initiation. Bouleversé, je pris conscience de la magnificence de cette spiritualité, étouffée depuis tant de siècles.

Les guerrières étaient infatigables et méticuleuses. Le piège serait parfait. Sous l'apparent tapis herbeux, trop mince pour résister au poids des chevaux et des chars, coulait une rivière de feu.

À l'aube d'un jour brumeux, une sentinelle annonça l'arrivée des soldats de l'empereur.

— Je vais tenter de parlementer. Peut-être comprendront-ils leur erreur et déposeront-ils les armes.

— N'es-tu pas trop expérimenté pour croire aux miracles ?

— Je vous ai bien rencontrée, Majesté.

Nous nous embrassâmes avec fougue et tendresse, comme si nous ne devions plus jamais nous revoir.

— Puisque la totalité des leurres est en place, Majesté, partez sans plus attendre. Ils n'oseront pas assassiner un négociateur. Si les discussions échouent, je reviendrai au camp. Ils attaqueront, le feu de la terre les engloutira.

Quand j'aurai constaté la disparition de tout danger, je vous rejoindrai.

La reine rassembla son peuple et suivit l'itinéraire que je lui avais indiqué.

★

Longtemps, je contemplai l'horizon. Puis je sortis du camp en brandissant une bannière blanche.

Les soldats qui me reconnurent me saluèrent avec respect. Ce fut en homme libre que je comparus devant le nouveau commandant en chef, un jeune officier hautain et nerveux.

— L'empereur vous croyait mort au combat, général.

— D'un certain point de vue, c'est exact.

— Je ne comprends pas...

— Nous devons reconnaître nos fautes envers les femmes et cesser de les persécuter. Je vous propose de mettre fin à cette guerre absurde en déposant les armes devant l'empereur. Je lui expliquerai que je suis l'auteur de cette initiative et le convaincrai de changer enfin de politique.

— Vous êtes devenu fou, général ! Il faudrait changer aussi les textes sacrés et la loi !

— Pourquoi pas, lorsqu'ils contiennent des idioties ?

— Vous blasphémez !

— Traiter ainsi les femmes nous conduira à notre perte.

— J'ai reçu l'ordre d'anéantir les révoltées. Celles qui se rendront auront la vie sauve.

— Et vous les enfermerez au fond d'un harem pour le plaisir des mâles !

— C'est l'ordre naturel. Nos saints hommes nous l'ont appris.

— Oubliez-vous que les femmes libres ont vaincu mon armée ?

Le jeune commandant en chef eut un sourire féroce.

— Ces chiennes n'extermineront pas la mienne !

— Puis-je me retirer ?

— Que comptez-vous faire, général ?

— Me battre à leurs côtés.

— Je ne peux pas arrêter un ambassadeur, mais je tuerai un ennemi.

Je galopai jusqu'au camp. Avec un art consommé, les guerrières avaient confectionné des centaines de mannequins, disposés tout au long du mur d'enceinte et au sommet des tours de guet.

Pour se ruer sur une proie aussi tentante, l'armée impériale devrait se déployer et s'approcher afin d'abattre les révoltées à coup sûr.

Le fleuve du feu secret l'attendait.

À ma grande surprise et à mon profond regret, le jeune commandant en chef ne se précipita pas. Il examina les chars et les chevaux, vérifia l'équipement et réunit son état-major.

À chaque heure qui s'écoulait, je respirais mieux. La reine et son peuple s'éloignaient de ce pays barbare et seraient bientôt en sécurité. Elles devraient travailler dur pour rendre féconde une terre dévastée, mais parviendraient à recréer une société où elles choisiraient librement leurs maris et ne seraient soumises à aucune loi dégradante.

Enfin, au terme d'une semaine de préparatifs, l'armée impériale s'ébranla en direction du camp.

Mon sourire se figea.

À moins d'un mètre du piège fatal, les troupes s'immobilisèrent.

Des techniciens mirent en place des balistes d'un nouveau genre, capables de lancer des pierres à longue distance.

La catastrophe.

Les mannequins abattus par des projectiles, le commandant en chef se méfierait et ferait examiner le terrain. Seuls quelques soldats du génie seraient engloutis, et l'armée partirait à la poursuite de la reine.

Je revêtis ma cuirasse et caressai le cou de mon cheval.

— Allez, compagnon, on repart. J'aurais aimé t'offrir une fin tranquille, dans un beau pré à l'herbe abondante. Mais il nous reste une mission à remplir. Comme d'habitude, interdit d'avoir trop peur.

Le buste droit, l'épée à la main, je sortis du camp et défiai l'armée impériale.

— Attaquez donc, bande de lâches! Vous êtes des milliers, il n'y a ici qu'un seul homme et quelques centaines de femmes. Vous les craignez, c'est ça? Rassurez-vous, je vais vous exterminer sans leur aide. Pour des guerrières aussi valeureuses, vous n'êtes que des eunuques!

À la fois vexés et ravis à l'idée de massacrer de la femelle, les chars et la cavalerie se ruèrent à l'assaut.

Percé de lances et de flèches, j'eus le temps de voir surgir des vagues de feu qui enveloppèrent l'armée impériale et la consumèrent en quelques instants.

Le royaume des femmes était sauvé.

CLÉOPÂTRE L'ALCHIMISTE

En ce troisième siècle après la naissance de Jésus proclamé Christ, l'Égypte était devenue un pays dangereux. À l'exception d'Alexandrie où la police faisait régner l'ordre, le reste du territoire appartenait aux milices locales plus promptes à dévaliser les voyageurs qu'à les protéger.

En dépit des risques, je devais me rendre à Lycopolis, l'ancienne Siout, ville du dieu chacal Anubis. Là, d'après la rumeur, vivait une alchimiste portant le même nom que l'illustre Cléopâtre dont le souvenir demeurait vivace.

Depuis quarante ans, j'essayais de faire de l'or en utilisant les traités et les recettes des alchimistes qui circulaient sous le manteau.

En vain.

À mon âge, je n'avais plus rien à perdre. Ou bien je mourrais en chemin, ou bien je rencontrerais cette femme qui détenait peut-être le secret de la haute science. S'il ne s'agissait que d'une imposture, j'en aurais au moins le cœur net et ne serais accablé d'aucun regret.

La fabrication de l'or alchimique n'était-elle pas une illusion ?

J'eus la chance d'embaucher un bon guide et deux impressionnants gardes du corps qui parlaient les dialectes du Sud. Armés de sabres d'une taille dissuasive, l'œil méchant, ils découragèrent les détrousseurs, et je parvins indemne à Siout, écrasée par le soleil d'été.

Les ruelles étaient désertes. La cité entière somnolait, attendant la relative fraîcheur du soir. Et le hasard me fit croiser un porteur d'eau qui traînait sa lassitude et ses récipients.

— Connais-tu Cléopâtre ?

— As-tu soif, l'étranger ?

— Je t'achète la totalité de ton chargement.

— Ça va te coûter une fortune !

— Entendu.

Intrigué, le bonhomme me dévisagea.

— Tu ne discutes pas ?

Je payai le prix, exorbitant.

— Cléopâtre, elle habite à deux ruelles d'ici, sur la droite. La maison à deux étages, précédée d'un jardinet. Je te préviens, c'est une sorcière. Si tu rentres chez elle, tu n'en sortiras pas vivant. Ici, personne n'ose l'approcher.

Mon guide parut gêné.

— Mon travail est terminé, celui de vos gardes du corps aussi. À présent, vous pouvez vous débrouiller seul.

Visiblement, ils étaient terrorisés.

Sans hésiter, je pris la direction indiquée et trouvai la jolie maison, couverte de lierre. Des centaines de fleurs faisaient du jardin un petit paradis.

Sur la porte, la représentation du dieu Bès, l'initiateur.

Il tirait une langue rouge, et son énorme visage, couronné d'une chevelure bouclée, dissuadait les curieux d'importuner la propriétaire.

Si près du but, je n'allais pas me laisser épouvanter !

Je frappai trois coups appuyés et espacés.

N'obtenant aucune réponse, je poussai doucement la porte et découvris un laboratoire de belle taille. Un grand four en bronze, un autre plus petit en pierre, des vases à bec, des cornues, des bassins en albâtre, des fioles remplies de mille et une substances, de nombreux grimoires... Cléopâtre possédait un équipement remarquable.

Aucun de ces traités alchimiques ne m'était inconnu, à l'exception d'un seul, rédigé en hiéroglyphes.

— T'intéresserais-tu aux textes gravés dans les pyramides ? interrogea une voix douce et envoûtante.

Je me retournai et découvris une femme superbe, au regard pétillant. Amusée, elle me considérait avec la supériorité naturelle d'un maître sur son disciple.

— Vous... vous lisez ces signes mystérieux ?

— Sans eux, comment aurais-je pu rédiger ma « Fabrication de l'or ? »

Un immense bonheur m'envahit. Ainsi, j'avais frappé à la bonne porte ! Pourtant, un ultime doute me saisit.

— Parlez-vous de cet or véritable qu'aucun des plus riches trésors ne contient ?

Elle empoigna un bâton autour duquel s'enroulaient deux serpents, l'un en or, l'autre en argent.

— Voyageur, connais-tu ce symbole ?

— Il incarne les deux chemins de Thot-Hermès, le trois fois grand.

— Quels sont leurs noms ?

— La voie brève et la voie longue.

— Laquelle as-tu parcourue ?

— J'ai compris qu'il fallait les vivre simultanément, mais je n'ai pas découvert l'axe qui les réunit en faisant descendre le haut vers le bas et monter le bas vers le haut.

— Au cœur de chaque être réside un mystère qu'il faut rendre vivant en répandant la lumière sur les éléments. À l'aube, nous grimperons jusqu'au sommet de la colline des morts.

Les tombes des chefs de la province de Siout avaient été transformées en dépôt de céréales, mais les scènes et les textes continuaient à rayonner.

— Comment extrait-on la pierre cachée ? demanda Cléopâtre.

— En réunissant l'eau et le feu.

Dans un vase en forme de sein, elle recueillit la rosée qui s'était déposée sur la roche. Le feu du soleil lui avait offert sa puissance sans l'assécher.

— Voici l'eau pure qui devient le vent, ressuscite les morts à la voix juste et féconde la terre noire. Aucun être ne parvient à maturité tant que le feu ne l'a pas mis à l'épreuve.

Cléopâtre me fit boire l'eau transmutée par le vase.

En contemplant le soleil qui n'aveuglait pas, je vis l'univers s'assembler membre par membre, étoile par étoile. Les ténèbres ne régnaient plus sur ce corps immense. Unis et transformés par le feu secret, l'esprit et la matière créaient l'œuvre.

— Retourne dans ta lointaine patrie, ordonna Cléopâtre, et transmets l'enseignement reçu. Surtout, n'oublie jamais la loi majeure de notre science : l'or ne peut naître que de l'or.

LA DÉESSE DANS L'ARBRE

Padi avait quinze ans et il gardait un troupeau de chèvres à la lisière du désert, dans un endroit perdu de Haute-Égypte, loin du village. Depuis plus de cinq ans, il remplissait cette tâche ingrate pour un maigre salaire, à savoir du pain, des légumes, des dattes et de l'eau, mais il n'avait pas eu le choix. Son père avait été enrôlé de force par l'armée grecque qui occupait l'Égypte, et il ne l'avait jamais revu. Désespérée, sa mère était morte de chagrin.

Padi devait même s'estimer heureux : il aurait pu être réduit à la condition d'esclave qui n'existait pas au temps des pharaons et avait été imposée par les nouveaux maîtres du pays, habitués à acheter et à vendre des hommes et des femmes considérés comme des marchandises.

Plus personne ne croyait que la terre aimée des dieux retrouverait un jour sa liberté. Après ces envahisseurs-là en viendraient d'autres, peut-être plus cruels encore. Au village, on ne parlait que des impôts à acquitter, plus lourds année après année. La part des récoltes prélevée par l'occupant ne cessait de croître, afin que la cour corrompue d'Alexandrie puisse faire la fête pendant que la population trimait dur et gagnait peu.

Mais Padi était indifférent aux récriminations. Son domaine à lui, c'était le désert, ce monde étrange brûlé de soleil où l'on ne s'aventurait guère, de peur d'être la proie des créatures redoutables qui y rôdaient.

Pendant que les chèvres se régalaient en mastiquant des épineux, Padi s'asseyait et regardait le sable ocre que le vent modelait à sa guise, formant des dunes dont le jeune garçon observait les moindres ondulations.

La chaleur du printemps était accablante, mais elle n'indisposait ni le chevrier ni ses bêtes qui savaient se contenter de peu pour survivre.

Soudain, le ciel se voila. D'immenses nuages marron masquèrent le soleil et prirent possession de l'espace. Le vent de sable... D'ordinaire, Padi pressentait sa venue et avait le temps de regagner le village pour se mettre à l'abri. Cette fois, en raison de la rapidité du phénomène, il avait été pris au dépourvu. Dans moins d'un quart d'heure, il n'y verrait plus à un mètre et il serait incapable de s'orienter.

Alors, il décida de rester assis. Puisque le désert était son allié, pourquoi lui ferait-il du mal ?

Quand les bourrasques chargées de sable tourbillonnant lui cinglèrent le corps, le jeune garçon n'eut pas peur.

Une corne s'enfonça doucement dans le flanc de Padi et le réveilla. La plus vieille chèvre, la maîtresse du troupeau, avait survécu et le regardait d'un œil vif et joyeux.

Le paysage avait changé, Padi ne le reconnaissait plus. Face à lui, un petit monticule sur lequel se dressait un grand et majestueux sycomore.

Le chevrier avait parcouru la région dans tous les sens et, nulle part, il n'existait un arbre de cette taille-là !

Haut d'une quinzaine de mètres, le sycomore avait un tronc blanchâtre, une frondaison étalée et des feuilles ovales. Il donnait des figues amassées en grappes qui, à maturité, devenaient rouges. Surtout, il offrait une ombre si bienfaisante qu'il régnait en maître dans les jardins et sur les places des villages.

Mais ici, dans ces solitudes battues par un vent violent, comment s'était-il épanoui ?

Aussi intrigué que fasciné, Padi s'approcha. Le bruissement des feuilles avait la douceur du miel, et la vie lui sembla soudain facile, dépourvue de souffrance et d'angoisse.

Lorsqu'il toucha le tronc, le jeune garçon fut stupéfait. Il ne présentait aucune aspérité et, soudain, il se mit à frémir, comme animé d'une énergie secrète.

Effrayé, Padi recula.

Alors, il la vit.

Une merveilleuse jeune fille, dont le corps gracieux et longiligne se confondait avec l'arbre ! Son visage était d'une incroyable finesse, elle ne devait pas avoir plus d'une quinzaine d'années. Vêtue d'une robe blanche à bretelles, le cou orné d'un collier de turquoises et de jaspes, elle souriait.

Padi en tomba éperdument amoureux.

Lui qui n'avait accordé qu'une attention distraite aux filles du village, dont certaines étaient pourtant entreprenantes, découvrait la splendeur et la magie d'un corps de femme.

— Qui es-tu ? lui demanda-t-elle.

— Padi le chevrier.

— Comment m'as-tu trouvée ?

— Il y a eu la tempête de sable, je n'ai pas bougé... Et te voilà !

Les yeux de la jeune fille exprimèrent une infinie tendresse.

— Tu te trompes, Padi. Pour parvenir jusqu'à moi, tu as parcouru un long et difficile chemin. Et, si tu n'avais pas un regard pur, tu ne me verrais pas.

— Tu es belle, si belle ! Resteras-tu longtemps à cet endroit ?

— Ce sycomore est ma demeure, je ne la quitte jamais.

Padi était heureux.

La contempler, emplir son regard de ses formes parfaites, sentir son cœur s'élargir comme s'il battait pour la première fois !

Mais le soleil se couchait, et il fallait rentrer au village. C'est alors que le chevrier s'aperçut que ses bêtes s'étaient éparpillées et qu'il serait bien difficile de les rassembler.

★

Ce fut le policier grec, chargé de la sécurité du village, qui châtia lui-même Padi à coups de bâton. Le garçon hurla de douleur, mais garda son secret : il ne parla que de la tempête de sable, si subite qu'elle l'avait empêché de sauver toutes les chèvres. Deux étaient mortes, trois avaient disparu.

— Tu passeras plusieurs années à travailler pour rembourser ce que tu as perdu, prédit le policier. Un voyou de ton espèce mériterait d'être envoyé à la ville comme esclave... Là-bas, on te dresserait !

Padi se maîtrisa. S'il protestait, s'il montrait sa peur, le tortionnaire mettrait sa menace à exécution. Au garçon de passer pour un paysan soumis et borné, tellement stupide qu'il ne ferait même pas un bon esclave dans une riche demeure citadine.

— Dès demain, tu te mettras à la disposition du maire. Va-t'en, tu m'ennuies.

Le dos en feu, Padi se traîna plus qu'il ne marcha jusqu'à la cabane en roseau qu'il partageait avec un autre orphelin, Ioumès, un garçon rieur, toujours prêt à s'amuser.

— Tu es dans un drôle d'état, Padi ! Il faut aller tout de suite chez la guérisseuse.

— Non, ça ira...

— Ne te prends pas pour un colosse. Viens, je t'emmène.

À bout de forces, Padi se laissa soutenir par son camarade.

La guérisseuse habitait une petite maison blanche entourée d'un jardin où elle cultivait des plantes médicinales. On avait peur d'elle, car cette femme autoritaire et sans âge ne se mêlait pas aux conversations des maîtresses de maison lorsqu'elles puisaient de l'eau, mais chacun avait recours à elle dès que la maladie frappait.

La guérisseuse considéra le blessé d'un œil inquisiteur.

— Qui t'a frappé, Padi ?

— Le policier grec.

— As-tu commis une faute grave ?

— À cause de la tempête de sable, j'ai perdu des chèvres.

— Allonge-toi sur la banquette de pierre. Je vais t'enduire le dos avec des onguents, et tu ne ressentiras plus aucune douleur.

Une douce chaleur émanait des mains puissantes de la guérisseuse. Et, lorsque les onguents pénétrèrent dans sa chair, le garçon oublia le mauvais traitement dont il avait été victime.

— Tu connais bien le désert, Padi... Comment t'es-tu laissé surprendre ?

— Une tempête si subite... Je n'ai pas eu le temps de réagir.

— C'est donc une divinité qui l'a provoquée afin de t'apparaître. Et tu l'as vue, n'est-ce pas ?

Padi demeura muet.

— Méfie-toi, recommanda la guérisseuse. Le désert est peuplé de créatures étranges qui cherchent à capturer l'âme des humains. Si tu as rencontré une très belle déesse, au sourire enchanteur, il s'agit de la maîtresse du ciel qui accueille l'âme des justes et leur offre de l'eau fraîche pour l'éternité. Mais elle ne se manifeste que dans un grand sycomore au doux feuillage, et il ne peut pas exister un arbre comme celui-là à l'endroit où tu emmènes tes chèvres.

★

Le maire, qui collaborait avec l'occupant grec, obligeait les jeunes du village à transporter les briques qui serviraient à la construction de sa nouvelle maison. Ceux qui se plaignaient des conditions de travail étaient envoyés aux champs où les métayers les traitaient de manière encore plus rude.

Padi suivit le rythme et se contenta de la médiocre nourriture qui lui fut offerte. Dès la tombée de la nuit, il sortit du village pour s'aventurer dans le désert où personne ne le suivrait. Chacun redoutait les mauvais génies et les monstres assoiffés de sang, sans oublier serpents et scorpions qui sortaient de leurs cachettes au crépuscule.

Padi risquait la mort à chaque pas, mais il s'en moquait.

À quoi bon vivre, s'il ne retrouvait pas la déesse dans l'arbre, la femme merveilleuse dont il était amoureux ? Courant jusqu'à perdre haleine, rapide comme la brise du soir, le garçon n'hésitait pas un instant sur le chemin à suivre.

Le grand sycomore brillait sous la lune, le soleil de la nuit.

Padi s'approcha, admiratif et recueilli. Il ne discerna que le tronc de l'arbre, ses branches, son feuillage... mais pas la déesse ! Le cœur serré, au bord des larmes, il s'agenouilla pour implorer sa présence.

Et le miracle se reproduisit.

Le tronc de l'arbre se transforma en un délicat corps de femme, puis son visage se dessina avec précision.

Elle était encore plus belle que dans le souvenir de Padi.

— Tu es la maîtresse du ciel, n'est-ce pas ?

Elle sourit avec une douceur infinie.

— Qui te l'a appris ?

— La guérisseuse qui m'a soigné. J'ai été puni, parce que j'ai perdu des chèvres. Quelle importance, puisque tu es toujours là !

— Je te l'ai dit, je ne quitte jamais ce grand arbre. Tant que tu souhaiteras me rencontrer, tu parviendras à me voir. Toi, et personne d'autre.

— Acceptes-tu de me parler des étoiles et de leur danse, là-haut, si loin de nous ?

La nuit durant, Padi posa mille questions à la jeune femme qu'il aimait et il écouta sa voix enchanteresse lui révéler les secrets du cosmos.

★

Un couffin rempli de briques sur les épaules, Padi buta sur une grosse pierre qu'il n'avait pas remarquée et il s'étala de tout son long sur le sentier. Par chance, aucune des briques ne se brisa dans sa chute. Il ne subirait donc pas une nouvelle remontrance de la part du contremaître qui le surchargeait de travail.

Fatigué par sa nuit blanche, Padi n'avait pas droit à un instant de repos. Dernier arrivé dans l'équipe des manœuvres, il ne pouvait pas compter sur ses collègues qui ne lui apporteraient aucune aide et seraient prompts à dénoncer son manque d'ardeur à la tâche.

C'est en pensant à la déesse dans l'arbre que Padi parvint à surmonter l'épreuve. Quand il regagna sa cabane, à la fin du jour, il titubait de sommeil.

— J'ai besoin de dormir un peu, avoua-t-il à son ami Ioumès, mais promets-moi de me réveiller dès que la nuit aura recouvert les collines.

— Pourquoi, Padi ?

— Ne me pose pas de questions, je t'en prie, et réveille-moi. Surtout, n'oublie pas !

Ioumès fut fidèle à sa parole, et Padi retourna dans le désert. La déesse continua à lui parler des étoiles auxquelles elle redonnait naissance chaque matin.

Plus il la regardait, plus il l'aimait. Tout en demeurant inaccessible, elle devenait de plus en plus proche ; auprès d'elle, le temps s'immobilisait et la souffrance était abolie. En l'écoutant, le garçon avait appris à lire dans les constellations et compris que la terre n'était qu'un îlot dans l'immense océan formé par l'énergie des dieux.

Son premier amour d'enfant était une déesse, et il n'y en aurait jamais d'autre.

— Padi, tu n'es qu'un fainéant ! s'exclama le contremaître.

— J'ai porté le même nombre de briques que les autres.

— C'est à moi de juger ! Tu es lent et endormi.

— Je n'ai même pas droit à une pause, après le déjeuner...

— Tu oses te plaindre !

Padi baissa la tête.

— J'essaie de travailler au mieux.

— Eh bien, ce n'est pas du tout satisfaisant ! Pour être aussi fatigué, ne passerais-tu pas tes nuits avec une fille ?

— Bien sûr que non. Demandez-le à mon camarade Ioumès, nous dormons dans la même cabane.

— Je vais l'interroger.

Convoqué par le contremaître, Ioumès ne trahit pas son ami. Il affirma qu'il ne quittait pas la cabane du crépuscule au levant, et que ni lui ni Padi ne fréquentaient les filles. Les os rompus par leur labeur respectif, ils ne songeaient qu'à dormir.

— Je t'ai sauvé de la bastonnade, rappela Ioumès à Padi ; tu me dois la vérité.

— C'est mon secret.

— Fais-tu quelque chose de mal ?

— Non... Je t'assure que non.

— Alors, pourquoi tant de mystères ?

— Je ne peux rien te dire.

— Je comprends ! C'est la plus belle fille du village et tu ne veux pas partager. Méfie-toi, Padi : si tu te fais prendre, ce sera l'esclavage.

★

Ioumès réveilla Padi et fit semblant de se rendormir. Mais, cette fois, il était bien décidé à le suivre. Fallait-il que son amoureuse fût belle et ardente pour que son camarade se privât ainsi de sommeil au point de tomber malade !

L'entreprise se révéla plus malaisée que le curieux ne l'avait imaginé. Doté d'une énergie inépuisable, Padi courait vers son but sans se retourner. Ioumès avait réglé son allure sur la sienne, mais ses poumons le brûlaient, et il redoutait à chaque instant de marcher sur un scorpion ou d'être mordu par un serpent.

Quand Padi s'engagea dans le désert, Ioumès sentit ses cheveux raidir, et un frisson lui parcourut le corps. S'y aventurer à son tour, c'était risquer de rencontrer d'énormes monstres ailés aux gueules béantes qui se nourrissaient des imprudents et des égarés. Mais, s'il perdait Padi de vue, il ne connaîtrait jamais son secret.

Trempé de sueur, Ioumès continua.

Pas une seule fois son camarade n'hésita sur le chemin à suivre, comme si le désert était son royaume. En mettant ses pas dans ceux de Padi, Ioumès évita les trous, les pierres coupantes et les plaques de sable mou.

Enfin, Padi s'arrêta.

À bonne distance, Ioumès put s'asseoir, reprendre son souffle et contempler un surprenant spectacle.

Au cœur de la solitude se dressait un sycomore, plus beau et plus grand que ceux qu'avait déjà vus Ioumès. Padi se tenait tout près du tronc et semblait lui parler.

C'était un fameux secret, en effet ! Et Ioumès comprit vite pourquoi son camarade ne désirait pas lui faire partager un tel trésor.

★

Quand Padi pénétra dans la cabane, Ioumès ne s'y trouvait pas.

— Je suis derrière toi, dit la voix piquante de son camarade.

124

Padi se retourna.

— Tu... tu m'as suivi ?

— J'ai eu ce courage et je ne le regrette pas. Je l'ai vu, ton sycomore ! Félicitations, Padi ; grâce à lui, tu vas faire fortune. Mais je veux ma part.

— Je ne comprends pas...

— Ne fais pas l'idiot ! Le menuisier du village est un brave homme, il nous aidera à établir notre acte de propriété sur cet arbre que nous avons découvert en plein désert. Je suis sûr que son bois est exceptionnel et que nous le vendrons un très bon prix ! Tu imagines le nombre de meubles et de cercueils pour les riches ? Nous aussi, nous allons le devenir et nous quitterons ce village. Comme nous nous amuserons, à la ville !

— Tu ne veux pas... abattre ce sycomore ?

— À nous deux, nous y parviendrons. Pense que chaque coup de hache nous rapprochera de la fortune !

★

— Où se trouve Padi ? demanda le contremaître aux manœuvres.

Personne ne répondit.

— Cette fois, c'en est trop ! J'avertis la police.

Refuser la corvée était un crime. Le policier grec ne présenterait même pas le déserteur devant le tribunal du village ; il l'enverrait aux travaux forcés dans les mines du grand Sud, ce qui équivalait à une condamnation à mort.

Encore fallait-il mettre la main sur le fuyard, mais le Grec n'était guère soucieux : Ioumès savait forcément où se cachait son camarade, et il ne résisterait pas à la torture.

Le Grec ne se trompait pas. Ioumès parla d'abondance, décrivit le grand sycomore et, pour éviter la bastonnade, proposa même de conduire le policier et ses sbires à l'endroit où Padi se rendait chaque nuit.

★

Le soleil brillait au zénith, Padi s'était assis à l'ombre du feuillage. Grâce aux jeux de lumière, il distinguait mieux encore les traits sublimes du visage de la jeune déesse.

— Mon ami m'a trahi, révéla Padi. En voyant l'arbre, il n'a songé qu'à la richesse qu'il pourrait en tirer. S'il t'avait vue, toi...

— Impossible, son regard ne peut apercevoir qu'un tronc, des branches et des feuilles.

— Ce matin, je ne me suis pas rendu à la corvée. On m'accusera de désertion, et le policier grec me cherchera partout. Mais il y a bien pire... Si Ioumès révèle l'existence du sycomore, ils viendront ici pour le couper !

— C'est bien leur intention, en effet.

— Je te défendrai !

— Seul contre eux, tu seras massacré.

— Alors, laisse-moi venir dans l'arbre avec toi, laisse-moi t'embrasser !

— Si je t'offre l'eau du ciel, Padi, tu ne reverras ni ton village ni tes amis.

— Je me moque de mon village et je n'ai plus d'amis ! C'est toi que j'aime, je veux te prendre dans mes bras et ne plus faire qu'un avec toi.

— Notre amour sera semblable aux rayons du soleil, au doux vent du nord, à la crue du Nil, mais il n'aura plus forme humaine.

L'une des branches du sycomore se transforma en une main aux longs doigts élégants et fins qui offrit à Padi un vase contenant de l'eau fraîche.

Sans hésiter, il la but.

Mais cette eau n'avait que l'apparence d'un liquide parcouru d'ondes lumineuses qui environnèrent le garçon et le portèrent à l'intérieur du sycomore.

Pendant un instant, Padi sentit contre son corps celui d'une femme belle, jeune et désirable dont l'amour était si vaste qu'il devint un million d'étoiles.

★

— C'est là, affirma Ioumès, j'en suis sûr !

Le policier grec et ses sbires, armés de gourdins, scrutèrent les environs.

— Tu te moques de nous ! Il n'y a que le désert, à perte de vue...

— Croyez-moi, le grand sycomore était bien là ! Il avait un feuillage abondant et un tronc superbe qui brillait sous la lune. Et il aurait donné une énorme quantité de bois au menuisier !

— Ou bien tu mens ou bien tu es fou, jugea le Grec. Pas un arbre ne pourrait pousser dans ce coin-là. Puisque tu as voulu protéger un déserteur, tu paieras à sa place, jusqu'à ce que nous le retrouvions.

— Non, non ! Je vous jure que j'ai dit la vérité !

— Faites-le taire, et qu'on le conduise aux mines.

Si le policier avait fait trois pas de plus, il aurait aperçu, entre deux monticules de sable ocre, une minuscule pousse de sycomore.

Mais la petite troupe tourna le dos au désert et reprit le chemin du village pendant que le nouvel arbre, lentement, très lentement, commençait à croître.

Texte publié dans Histoire d'Enfance, *Sol en si, 1998.*

L'OMBRE DE LUMIÈRE

Le soleil était immobile.

Elle s'approche, je ne vois qu'elle. Le Nil, le désert, les cultures ont disparu. Elle est vêtue d'une robe blanche qui se confond avec la lumière. Ses cheveux dansent dans l'air chaud. Les paysans dorment, les touristes ne s'aventurent pas jusqu'ici.

D'où vient-elle ? Pas le moindre bagage, ses yeux chantent, ses pas touchent à peine le sol.

— Êtes-vous perdue ? Ce n'est pas très prudent de s'aventurer seule dans les parages.

Elle regarde au loin.

— Voulez-vous que je vous accompagne jusqu'au bac ?

Un sourire me fit croire qu'elle acceptait.

Semblant connaître le chemin, elle me précéda. La chaleur était harassante. Elle passa entre deux rangées de cannes à sucre.

— Attendez... Ce n'est pas par là !

Elle se dirigeait vers la mare aux serpents. Deux enfants avaient été mordus la semaine passée. J'aurais voulu la prendre par les épaules, mais j'étais incapable de la toucher. Elle s'assit au bord de la mare, comme s'il n'y avait aucun danger. Je restai debout, fasciné par son visage doux et ses cheveux blonds.

— Dites-moi au moins votre nom.

Un cri me fit sursauter, je levai les yeux.

Un couple de faucons pèlerins jouait dans le ciel.

Elle avait disparu. Des herbes inclinées rappelaient son passage.

Je me ruai à sa poursuite. Les poumons en feu, je dus ralentir.

Au village, le cheikh sommeillait sur son banc.

— Salut à toi. As-tu remarqué une jeune femme blonde, très belle, vêtue d'une robe blanche ?

— Parfois, le soleil parle.

Il se rendormit.

J'étais amoureux d'une ombre de lumière.

LE BONHEUR DU JUSTE

Parle seulement quand tu sais que tu apporteras une solution...
Parler est plus difficile que tout autre travail.

PTAH-HOTEP, Maxime 24

1

Mérit, une jolie brune d'une quarantaine d'années, était inquiète.

Pourtant, elle avait tout pour être heureuse : un mari travailleur et attentionné, deux fils en parfaite santé, une agréable maison blanche au cœur d'une palmeraie, des champs, des ânes et une basse-cour. Les jours s'écoulaient, paisibles, et Mérit ne demandait rien d'autre aux dieux que ce bonheur tranquille sous le ciel bleu de l'oasis du sel, à l'ouest de l'Égypte, gouvernée par le sage pharaon Khéty[1].

---

1. Ce pharaon régna vers 2160 av. J.-C.

Mais pourquoi son époux, le fougueux Anoup, avait-il conçu le projet de se rendre à la capitale, Hérakléopolis, pour y vendre des produits de luxe et tenter de faire fortune ? Ce trésor-là, Mérit n'en avait pas besoin.

— M'as-tu préparé des miches de pain pour le voyage ? demanda Anoup en pénétrant dans la cuisine.

Grand, solide, le visage franc et rieur, Anoup était doté d'un enthousiasme à toute épreuve.

Depuis leur mariage, voilà vingt ans, il n'avait cessé de réaliser des projets pour améliorer le quotidien et offrir à sa famille le meilleur cadre de vie possible. Aussi était-il devenu le patron d'une petite entreprise qui employait plusieurs habitants de l'oasis près de laquelle on recueillait le sel indispensable à la fabrication des conserves ; mais Anoup ne s'était pas arrêté là, et il s'occupait aussi de la culture des plantes médicinales et de l'exploitation de bois précieux.

Mérit se blottit dans les bras de son mari.

— Ne pars pas, je t'en prie... Ne sommes-nous pas assez riches ?

— Cette livraison assurera l'avenir de nos enfants, promit Anoup. J'ai accumulé une quantité suffisante de produits d'une exceptionnelle qualité pour effectuer la plus belle transaction commerciale de ma carrière !

— Ne redoutes-tu pas les dangers et les fatigues du voyage ?

— Grâce à la police de Pharaon, les routes sont sûres, et je me sens en pleine forme !

— Tu ne devrais pas partir seul.

— Je n'ai confiance en personne, sinon en mes ânes, leur chef, Grand Nez, connaît mieux que moi les pistes du désert.

— Alors, laisse-moi t'accompagner !

— Une maîtresse de maison quitte-t-elle son domaine ? Toi seule es capable de veiller sur nos enfants et sur nos biens.

— Je ne suis pas tranquille, Anoup... Mon sommeil est agité, comme si un démon me torturait. Ne devrais-tu pas te satisfaire de ce que nous possédons ?

Il lui sourit.

— Je ne désire rien de plus, mon amour ; mais tu sais bien qu'il me faut livrer une importante quantité de sel de premier choix à la capitale. Pourquoi ne pas en profiter pour vendre aussi des plantes médicinales et du bois précieux ? Quand j'aurai noué les contacts nécessaires avec le Trésor, mes employés feront le voyage à ma place, et je ne te quitterai plus.

Lorsqu'il posa les lèvres sur les siennes, Mérit s'abandonna ; face à la puissance de conviction de son mari, elle n'avait plus la force de lutter.

★

Grand Nez marchait en tête, d'un pas égal sur lequel se réglait la caravane de grisons bien en chair. L'œil malin, le chef des ânes était un animal splendide, aux oreilles joliment découpées et au caractère affirmé ; c'était lui qui donnait l'allure et décidait des haltes. Sachant qu'il n'avait aucune chance de le convaincre, Anoup le laissait agir et se contentait de soigner attentivement les quadrupèdes qui rendaient tant de services aux humains.

Alors que Grand Nez venait de franchir une sorte de col perdu dans un désert pierreux, un nuage de poussière, loin sur la piste, l'alerta. L'âne s'immobilisa et montra les dents, prêt à se défendre.

Uniquement armé d'un bâton, Anoup se campa à la

droite de Grand Nez pour voir venir vers eux une dizaine de policiers commandés par un Nubien à l'impressionnante carrure.

L'air menaçant, ils entourèrent le voyageur.

— D'où viens-tu, l'ami ? demanda le Nubien.

— De l'oasis du sel.

— Quel est ton nom ?

— Anoup.

— Ta destination ?

— La capitale, Hérakléopolis.

— Ces ânes t'appartiennent ?

— Eux et les marchandises qu'ils transportent.

— Tu voyages seul et sans arme ?

— Les pistes ne sont-elles pas sûres ?

— Elles le sont, l'ami. Depuis que notre roi fait régner la justice sur les Deux Terres, hommes et femmes peuvent aller à leur guise, sans crainte d'être attaqués. Tu rencontreras d'autres patrouilles sur ton chemin, et elles te poseront les mêmes questions. Bon voyage.

De fait, Anoup subit plusieurs contrôles avant de quitter la piste du désert et de s'engager dans une zone verdoyante qui annonçait une autre oasis, celle du Fayoum, dont le cœur était occupé par un vaste lac où aboutissait un canal aménagé par les bâtisseurs de l'Ancien Empire et alimenté par le Nil.

Anoup se félicita des dispositions adoptées par le gouvernement. Quand la sécurité était assurée, chacun avait envie de travailler, et l'existence apparaissait légère comme une plume d'oiseau.

Devant lui, une multitude de jardins de tailles diverses, bien irrigués et protégés des ardeurs du soleil par des tamaris, des jujubiers, des acacias ou des sycomores. Les paysans avaient apprivoisé la nature pour la rendre luxuriante et accueillante ; et la riche terre noire, cultivée avec amour, se montrait d'une générosité sans égale.

La douce Mérit s'était inquiétée à tort ; au voyage sans risque succéderait une vente aisée. De retour chez lui, Anoup ne songerait plus qu'au bonheur de vivre dans le pays aimé des dieux.

2

Nekt s'était levé de mauvaise humeur après avoir fait un horrible cauchemar : tous les paysans qu'il exploitait en profitant de sa position de haut fonctionnaire osaient porter plainte contre lui ! Trempé de sueur, il avait ressenti une douleur lombaire en repoussant son drap et en appelant en vain sa servante.

Furieux de n'obtenir aucune réponse, Nekt s'était rendu en boitillant à la cuisine où une jeune fille à l'air ahuri cuisait du pain.

— Qu'est-ce que tu fais là, toi ?

— Ma mère est malade, je la remplace.

— Prépare-moi une galette chaude fourrée aux fèves. Et nettoie convenablement la maison.

— Oui, maître, répondit la jeune fille, terrorisée.

Après ses ablutions, Nekt avait dévoré la galette en songeant à la réunion des cureurs de canaux qu'il présiderait dans l'après-midi. Son patron, le ministre Rensi, était un homme très rigoureux qui exigeait des résultats. Par bonheur, il ignorait les malversations de son adjoint direct qui rançonnait quantité de petites gens afin de jouir des meilleurs produits sans les payer.

Et comme personne ne pouvait approcher du ministre sans passer par Nekt, son intendant et secrétaire particulier, ce dernier pouvait dormir tranquille.

Tranquille, jusqu'à cet horrible cauchemar ! Heureusement, Nekt ne croyait qu'au concret et au palpable ; alors qu'il se coiffait d'une perruque courte et d'un pagne neuf, il accueillit son âme damnée, un scribe des champs qu'il chargeait de parcourir la campagne pour repérer des individus naïfs, faciles à dépouiller.

— La chance nous sourit, chef !

— Ça vaudrait mieux... Voilà plus d'un mois que tu ne m'as pas procuré une bonne affaire.

— Celle-là, vous ne la regretterez pas ! On vient de me signaler l'arrivée d'un marchand, à la tête d'une longue caravane d'ânes chargés de denrées.

Les yeux de Nekt brillèrent de cupidité.

— Tu l'as déjà vu ?

— Non, ce doit être la première fois qu'il se rend à la capitale.

— Quelqu'un l'a reconnu ?

— Personne... Le gibier idéal, je vous dis ! Je vais lui prélever le quart de son chargement au titre d'un impôt local.

— On doit pouvoir faire mieux, estima Nekt, beaucoup mieux...

Le scribe des champs fut effrayé.

— Chef, vous ne comptez quand même pas...

— Rassure-toi, je n'ai pas l'intention de le supprimer mais de lui réserver un traitement spécial. Voici mes instructions...

★

Anoup ne rencontrait que des gens aimables, ravis de saluer un étranger émerveillé par les paysages qu'il découvrait. Pour l'oasien, le beau rêve continuait.

Il songeait déjà aux cadeaux dont il couvrirait son épouse : des colliers, des bagues, des bracelets, des robes, des châles et même une perruque luxueuse ! Dès son retour, Anoup organiserait un grand banquet pour célébrer sa fortune, et le bon vin coulerait à flots.

Grand Nez s'immobilisa et se tourna vers son maître afin de lui demander la direction à suivre. Trois chemins se présentaient devant l'âne et, cette fois, c'était à Anoup de choisir en révélant sa destination.

— Nous allons à l'administration du Trésor, mais quel est le meilleur itinéraire ?

Un scribe maigrichon, au visage de fouine orné d'une petite moustache, se dirigeait vers le marchand.

— Tu cherches quelqu'un ?

— Je désire présenter mon chargement au trésorier du palais.

— Oh là, tu vises haut ! C'est un personnage important qui ne reçoit pas n'importe qui.

— Mais je ne vends pas n'importe quoi !

— Tes ânes transporteraient-ils de fabuleux trésors ?

— Je viens de l'oasis du sel avec des marchandises de première qualité.

— Tu as du natron ?

— Bien entendu.

— Du bois précieux ?

— Plusieurs essences, en effet.

— Des peaux d'animaux ?

— Elles sont magnifiques ! Et je ne te parle pas des plantes médicinales, dont certaines très rares.

Le petit scribe fut admiratif.

— Tu as raison... Tu n'apportes pas n'importe quoi et tu n'es pas n'importe qui !

— Mon nom est Anoup, et j'ai travaillé dur pour en arriver là.

— Moi, je ne suis qu'un scribe des champs, mais je peux t'indiquer le meilleur chemin pour te rendre au Trésor.

— Exactement ce que j'allais te demander !

— Tes ânes ont-ils un bon pied ?

— Sans vanité, il n'en existe pas de meilleur !

— Alors, prends le sentier le plus court, celui qui part sur ta droite ; il n'est pas large, mais il te mènera directement aux bâtiments du Trésor. Tu y seras reçu par des scribes qui évalueront la valeur de ton chargement et te paieront dans les meilleurs délais, soit en nature, soit en lingots de cuivre. Les marchands dans ton genre sont toujours bien reçus, car la cour royale apprécie les bons produits. Les tiens plairont beaucoup, j'en suis certain.

Les paroles du petit scribe ravirent Anoup. De plus en plus beau, le rêve ne tarderait pas à devenir réalité.

— Comment puis-je te remercier pour ton aide ? demanda l'oasien.

— Je ne veux rien ! N'est-il pas naturel de faciliter la tâche d'un étranger ?

— Un sachet de natron te ferait-il plaisir ?

— Bien sûr que oui, mais...

— En voici un.

— C'est trop, beaucoup trop !

— Je n'oublierai pas que c'est toi qui m'as indiqué le bon chemin.

Le petit moustachu eut un sourire satisfait.

— Te rendre service aura été une grande joie.

— Que les divinités te protègent ! Allez, Grand Nez, on prend le sentier sur la droite.

L'âne reprit sa marche en avant, suivi par ses congénères.

Le scribe des champs regarda passer le cortège, imaginant les richesses que contenaient les sacs portés par les quadrupèdes.

Et il eut un sourire cruel en pensant que cet imbécile d'Anoup se jetait tête baissée dans un piège auquel il n'avait aucune chance d'échapper.

3

Le chemin était vraiment très étroit.

En réalité, il s'agissait du sommet d'une digue : d'un côté, l'eau qui montait lors de l'inondation sans submerger la butte de terre ; de l'autre, un superbe champ d'orge.

Grand Nez avait ralenti l'allure, et Anoup se demandait s'il avait bien choisi la bonne route.

Alors que la caravane s'approchait d'une maison, Grand Nez s'immobilisa. Il venait de poser le sabot sur un morceau d'étoffe étendu en travers du chemin et il contemplait avec circonspection cet obstacle inattendu dont l'une des extrémités trempait dans l'eau et l'autre plongeait dans les épis mûrs.

— Holà, holà ! s'écria Nekt en sortant de chez lui. Où te crois-tu, espèce de bandit ?

Surpris par l'agressivité de cet homme trapu, à la tête ronde comme la pleine lune et aux doigts de main et de pied potelés comme ceux d'un nourrisson trop gras, Anoup en bredouilla d'indignation.

— Comment... Comment oses-tu... me traiter ainsi ? Je ne suis pas un bandit, mais un honnête marchand qui se rend au Trésor de la capitale !

Nekt éclata d'un rire dédaigneux.

— En plus, tu es un menteur ! Ce chemin ne mène pas au Trésor, comme chacun sait.

Mortifié, Anoup tenta de se défendre.

— Je ne suis pas d'ici... Et c'est un scribe des champs qui m'a renseigné !

— Tu inventes n'importe quoi pour justifier ton forfait, mais ça ne prend pas. Et tu es mal tombé, l'étranger ! En tant que haut fonctionnaire, je suis particulièrement attaché au respect des lois.

— Laquelle ai-je violée ? s'angoissa l'oasien.

— Ne vois-tu pas que ton âne piétine une étoffe rare qui m'appartient ? Dégrader le bien d'autrui est une faute grave.

Comme s'il avait compris la menace qui pesait sur son maître, Grand Nez recula.

Nekt se pencha sur la pièce de tissu.

— Comme elle est souillée ! gémit-il. Le sabot de ta bête l'a même déchirée... Une étoffe qui appartenait à l'arrière-grand-mère de ma mère et qui se transmettait de génération en génération ! C'était mon bien le plus précieux, celui auquel je tenais le plus !

— Je te rembourserai, promit Anoup. Mais ce chemin n'appartient-il pas à tout le monde ?

Nekt jeta un œil mauvais à l'étranger.

— Est-ce toi, un brigand, qui vas m'apprendre le droit ?

— Quand on possède une étoffe aussi précieuse, pourquoi l'étaler sur un chemin ?

— Tes arguments n'ont aucun sens, l'étranger !

Nekt replia le linge souillé.

— Je faisais sécher cette merveille au soleil, et c'est ton âne qui me l'a volée ! Si je n'étais pas intervenu à temps, il l'aurait déchiquetée.

— Pourquoi inventer une telle fable ?

— C'est la vérité. Oseras-tu nier que ton âne a dégradé mon bien ?

— Que désires-tu en échange ?

— La moitié de ton chargement.

— Tu plaisantes !

— En ai-je l'air ?

— Tu ignores la valeur de ce que portent mes ânes ! Je viens de l'oasis du sel et j'apporte au Trésor des produits de grande qualité.

— Et toi, tu ignores la valeur de cette étoffe familiale que le pharaon en personne avait offerte à ma famille ! En n'exigeant que la moitié de ton chargement, je me montre particulièrement bienveillant.

Le visage fermé du haut fonctionnaire ne rassura pas Anoup.

— Tu exiges l'impossible...

— Ou bien tu acceptes, ou bien je porte plainte contre toi. Et le tribunal ne sera pas aussi indulgent que moi.

— Quel que soit le coût réel de ton étoffe, il ne saurait équivaloir à ce que tu réclames !

Tenté par la nourriture à sa portée, l'un des ânes mastiqua des épis d'orge, bientôt imité par ses compagnons.

— En plus, tu es un voleur ! s'exclama Nekt, furibond. Voilà que tes bêtes osent dévaster mon champ sous mes yeux et sans que tu les en empêches !

Grand Nez poussa un cri qui mit fin au festin impro-visé, mais le mal était fait.

— Ce n'est qu'un peu d'orge, constata Anoup, et tu vois bien que mes ânes ont cessé de manger.

— Si je n'étais pas intervenu au risque de me faire mordre, mon champ aurait été dévasté ! Je vais appeler un scribe pour qu'il constate les dégâts. C'est toute ma récolte que tu convoitais, n'est-ce pas ?

— Pas du tout, et tu le sais bien ! Pourquoi chercher à me nuire ainsi ?

— C'est toi, un brigand, un voleur et un menteur qui oses m'insulter !

— Je te propose du sel, un sachet d'herbes médi-cinales et un morceau de bois précieux pour te dédommager des petits ennuis que je t'ai causés de manière bien involontaire et dont tu es en partie res-ponsable, puisque tu as toi-même placé un obstacle sur le chemin.

Nekt demeura silencieux, et Anoup crut qu'il accep-tait sa proposition.

— Entre gens raisonnables et de bonne foi, on finit toujours par s'entendre, conclut l'oasien. Et tu ne perds pas au change !

— Ne t'ai-je pas dit que j'étais un haut fonctionnaire et que je contrôlais mon territoire sans faiblesse ?

— Si, mais...

— Malheureusement, tu ne m'as pas bien compris En raison des divers délits que tu as commis, voici mes décisions : la totalité de ton chargement devient ma pro-priété, de même que tes ânes qui travailleront désormais pour moi. Quant à toi, estime-toi heureux de rester en liberté. Un juge plus sévère que moi t'aurait, en plus, condamné à une lourde peine de prison.

Le souffle court et les jambes coupées, Anoup était abasourdi.

— C'est monstrueux... Tu n'oserais pas...

— Éloigne-toi de mon domaine, oasien, et retourne d'où tu viens.

— Je refuse !

— Ah, tu refuses ?

Avec une baguette en bois de tamaris, Nekt frappa Anoup qui se protégea tant bien que mal le visage avec ses avant-bras. Soûlé de coups, l'oasien s'effondra, pleurant de rage et de souffrance.

— Cesse de gémir et disparais ! ordonna Nekt en le bourrant de coups de pied.

— Tu n'as pas le droit de me dépouiller ainsi !

— Ici, le droit, c'est moi.

— Tu me voles, tu me frappes, mais tu ne m'empêcheras pas de protester et de faire appel à la vraie justice !

Nekt eut un rictus méprisant.

— N'élève surtout pas la voix contre moi, oasien ; sinon, je te réduirai définitivement au silence.

4

Après s'être éloigné de l'endroit maudit où il avait tout perdu, Anoup demeura prostré au bord d'un canal d'irrigation. Chaque parcelle de son corps était douloureuse et, pour la première fois de son existence, il n'avait pas envie de lutter. Seul, blessé dans son âme comme dans sa chair, perdu dans cette région qu'il ne connaissait pas, l'oasien avait envie de s'endormir à jamais.

Une main se posa sur son épaule.

Celle d'une petite fille aux grands yeux verts.

— Tu es malade ?

— Un méchant homme m'a battu.

— Tu as mal ?

— Très mal.

— Ma maman, elle a des onguents qui font du bien. Tu veux venir chez moi ?

— Je ne suis pas d'ici.

— Quand on a mal, on est de partout. Tu viens avec moi ?

Anoup se leva avec peine et il suivit la petite fille qui l'emmena jusqu'à une modeste maison au crépi soigné, précédée d'un jardin potager au centre duquel trônait un palmier-dattier. Un jeune couple accueillit l'oasien avec chaleur.

— Qui t'a mis dans cet état ? interrogea le paysan.

Le blessé décrivit l'homme qui l'avait agressé.

— C'est Nekt ! s'exclama le paysan. Tu ne pouvais pas tomber plus mal... Ce petit tyran est un haut fonctionnaire malhonnête et sans cœur. Il a rançonné des cultivateurs et des artisans.

— Ont-ils porté plainte contre lui ?

— Non, ils ont préféré se taire.

— Pourquoi ont-ils si peur de lui ?

— C'est comme ça... Et puis Nekt est le secrétaire et l'intendant du ministre Rensi, un personnage très influent qui, dit-on, est proche du pharaon.

— Le ministre est-il au courant des agissements de Nekt ?

— Je n'en sais rien.

— Personne ne lui aurait dit la vérité ?

— Si Rensi garde son secrétaire auprès de lui et s'il lui confie la gestion de ses domaines, n'est-ce pas parce qu'il approuve son comportement ?

— Alors, il n'y a rien à faire, déplora Anoup.

— Si, indiqua l'épouse du paysan : te soigner. Mets-toi sur le ventre, je vais enduire ton dos d'onguent, et tu dormiras pendant vingt-quatre heures.

Quand il se réveilla, l'oasien passa plusieurs minutes à se remémorer les événements qui venaient de bouleverser son existence. Les douleurs avaient presque disparu, et Anoup se leva sans trop de peine pour découvrir la chambrette où ses hôtes lui avaient permis de recouvrer ses forces.

Dès qu'il en sortit, la petite fille courut vers lui, et il la prit dans ses bras.

— Tu es guéri ?

— Grâce à ta mère, oui.

— Tu as des enfants ?

— Deux garçons.

— Tu vas rentrer chez toi pour les revoir ?

— C'est mon plus grand désir, mais Nekt m'a volé mes marchandises et mes ânes, et je dois les récupérer avant de repartir.

— C'est un homme très méchant...

— Sans doute, petite, mais on ne doit pas le laisser continuer ! Sinon, il y en aura un deuxième comme lui, puis un troisième et beaucoup d'autres. Si personne ne réagit, la justice disparaîtra et nous ne pourrons plus vivre en paix.

Le visage de la petite fille s'assombrit.

— C'est si grave que ça ?

— Je crains que oui.

— Alors, tu feras la guerre à Nekt ?

— D'une certaine manière.

La mère, qui avait tout entendu, reprit son enfant.

— Nous ne te voulons que du bien, Anoup, mais si tu t'attaques à Nekt, tu ne pourras pas rester chez nous. C'est un adversaire trop puissant et trop dangereux... S'il savait que nous t'avons aidé, il nous écraserait.

— Je sors de chez vous sur-le-champ et je ne révélerai à personne que vous m'avez hébergé.

— Tu devrais retourner chez toi, Anoup, et ne pas te lancer dans un combat que tu n'as aucune chance de remporter. Nekt est encore plus cruel que tu ne le supposes.

— Il m'a menacé de mort, et je l'en crois capable.

— Puisque tu es lucide, renonce à te venger.

— Je ne désire pas me venger mais faire appliquer la justice. Si la déesse Maât ne règne plus sur cette terre, le soleil ne brillera plus et les ténèbres nous étoufferont.

— Comment un simple oasien parviendrait-il à vaincre un monstre comme ce Nekt qui tisse sa toile depuis de nombreuses années et ne laisse rien au hasard ? Abandonne, Anoup ; sinon, tu perdras la vie.

★

Après s'être lavé et avoir dégusté un bon repas que lui avaient offert ses hôtes en guise d'adieu, Anoup s'était dirigé vers la villa du ministre Rensi. Comme dans les autres cités égyptiennes, les quartiers riches n'étaient pas séparés des modestes, et de somptueuses propriétés alternaient avec des maisons simples.

La résidence du grand personnage était entourée d'un haut mur, et l'on ne voyait que la cime de nombreux arbres et le toit du bâtiment principal. Anoup se présenta à la porte d'entrée où se tenait un garde armé d'une épée et d'un bâton.

— Je souhaiterais voir le ministre.

— Qui es-tu ?

— Mon nom est Anoup, et je viens de l'oasis du sel.

— Tu comptes livrer des denrées ?

— On m'a volé mes marchandises et mes ânes, et je dois en informer Rensi.

— Tu te trompes d'adresse, l'oasien ! Va te plaindre à la police.

— Je suis persuadé qu'elle est de mèche avec le coupable. Seul le ministre Rensi pourra m'aider et faire rendre la justice.

Le garde eut un œil soupçonneux.

— Ne serais-tu pas l'un de ces quémandeurs qui ne cessent d'importuner les personnalités ?

— Je ne cherche qu'à lui apprendre la vérité !

— Crois-tu vraiment que le ministre Rensi ait besoin d'un pouilleux comme toi pour la connaître ?

L'insulte révolta Anoup.

— Je suis un honnête homme victime d'une grave injustice et je dois être entendu !

Le gardien brandit son gourdin.

— Le ministre n'aime pas les bavards dans ton genre !

— Laisse-moi entrer.

— Déguerpis, va-nu-pieds, sinon tu goûteras à ce bâton !

— Ne refuse pas de m'écouter, ne...

— Déguerpis !

5

Anoup aurait dû renoncer.

Mais un feu nouveau animait son cœur, un feu si exigeant qu'il lui faisait perdre toute prudence. Quels que fussent les obstacles, il devait parler au ministre Rensi et lui révéler qu'une insupportable injustice venait d'être commise par son homme de confiance. Si, comme les autres, l'oasien renonçait à combattre, le seul vainqueur ne serait-il pas le mal ?

Anoup longea le mur d'enceinte de la villa du ministre, espérant découvrir un accès au domaine du puissant personnage. Mais il dut déchanter et finit par s'asseoir sur un muret, à l'abri du soleil.

— Tu n'es pas du coin, remarqua un porteur d'eau qui le regarda avec étonnement.

— Non, je viens de l'oasis du sel.

— Ce n'est pas un endroit facile à vivre, paraît-il.

— Pour moi, si... Ma femme et mes enfants m'y attendent.

— Que fais-tu par ici ?

— Je désire m'entretenir avec le ministre Rensi.

— Tu ne manques pas d'audace ! Si tu veux mon avis, tu ne ressembles pas aux dignitaires avec lesquels il a l'habitude de travailler.

— Ne reçoit-il pas les honnêtes gens victimes d'une injustice ?

— Il a horreur de perdre son temps et il déteste les bavards.

— Un gardien m'a empêché d'entrer chez lui... Sais-tu comment je pourrais l'aborder ?

— Ce n'est pas facile, mais il y a peut-être un moyen. Sais-tu nager ?

— Je me débrouille.

— Le jardin du ministre donne sur un canal où stationne son bateau de fonction. Souvent, tôt le matin, il l'emprunte pour se rendre au débarcadère du palais. À toi de jouer.

★

Anoup se glissa dans l'eau du canal, à bonne distance du jardin du ministre. Il avait croisé des groupes d'enfants rieurs et s'était mêlé à un groupe de nageurs qui l'avaient vite distancé en crawlant, avant de regagner la berge. L'oasien avait, lui aussi, interrompu son effort pour reprendre son souffle et s'endormir au pied d'un saule.

Lorsque les rayons du soleil levant l'éveillèrent, Anoup plongea de nouveau et nagea avec énergie vers le bateau du ministre, encore à quai.

Un scribe montait à bord avec plusieurs rouleaux de papyrus, sans doute les dossiers que le ministre aurait à traiter pendant la journée. Le suivirent un porteur de sandales et un maître chien accompagné de deux lévriers.

Puis apparut un homme de haute taille, à l'allure majestueuse.

Le ministre Rensi... Ce ne pouvait être que lui ! Anoup bondit hors de l'eau, grimpa sur la berge, courut jusqu'à la passerelle et se prosterna devant Rensi.

— Seigneur, je désire vous parler !

Le scribe et le porteur de sandales se précipitaient déjà

sur l'intrus pour l'agripper par les épaules et le jeter dans le canal.

— Un instant, intervint le ministre ; laissez-le s'expliquer.

— Vous voyez bien que c'est un vagabond ! s'insurgea le scribe.

— Je t'écoute, dit Rensi à l'oasien, à condition que tu te relèves.

Ce dernier obéit.

— Seigneur, mon nom est Anoup, et je viens de l'oasis du sel avec des ânes chargés de produits de première qualité que je désirais vendre au Trésor de la capitale. Sous des prétextes fallacieux, un nommé Nekt, qui prétend être à votre service, m'a volé et frappé. Je demande que justice soit faite.

— Voici de graves accusations, Anoup.

— C'est la stricte vérité, seigneur ! Ce bandit de Nekt se considère comme intouchable et il agit en toute impunité depuis plusieurs années en profitant de sa position de haut fonctionnaire.

— Possèdes-tu des preuves ?

— Vous trouverez chez lui mes ânes et leur chargement !

Le scribe jugea nécessaire d'intervenir.

— Ne perdez pas votre temps, seigneur ! Vous voyez bien que ce paysan ment pour salir la réputation de mon ami Nekt dont l'honnêteté est connue de tous.

— Pourquoi mon intendant se serait-il attaqué à toi ? demanda Rensi à l'oasien.

— Il m'a tendu un piège, seigneur, parce qu'il a vu que j'étais un étranger sans défense ! Mais il s'est trompé, car ma meilleure protectrice, c'est la justice. Grâce à elle, le mensonge périt et la vérité naît. Toi qui protèges le faible du fort, à l'exemple de Pharaon, rends-moi justice !

— Où loges-tu, Anoup ?

— Je dors à la belle étoile, seigneur.

— En attendant que la vérité soit établie, tu t'abriteras dans une cabane, au bord du fleuve. Sache que si tu as calomnié mon intendant, tu seras sévèrement châtié.

— Aucune crainte n'agite mon cœur, car mes lèvres ne sont pas mensongères.

— Es-tu marié ?

— Avec une femme que j'adore, Mérit ; nous avons deux fils qui coulent des jours heureux dans l'oasis du sel. Comment pourrais-je rentrer chez moi en déclarant que j'ai été volé et que le coupable profite de son larcin en toute impunité ?

— Je vais mener une enquête, Anoup.

Le ministre monta sur son bateau, les amarres furent larguées. Alors que Rensi s'installait dans sa cabine pour consulter des papyrus comptables, le scribe qui l'accompagnait intervint de nouveau avec véhémence.

— À mon avis, seigneur, il faut arrêter ce brigand qui vous a manqué d'égards ! Si vous tolérez de tels excès, il y aura bientôt une file de quémandeurs devant la porte de votre domaine.

— Mon intendant aurait-il provoqué tant de mécontentement ?

— Non, bien sûr que non... Mais il est dans la nature de ces gens-là de protester !

— Nekt est ton ami, disais-tu ?

— Et celui de beaucoup de scribes de votre administration, seigneur. Vous pouvez avoir totale confiance en lui, car il ne songe qu'à vous servir avec un parfait dévouement. La stratégie de cet oasien est claire : c'est un mécréant qui n'a jamais rien possédé et calomnie un haut fonctionnaire pour s'emparer d'une partie de ses biens. C'est pourquoi il faut le jeter en prison afin de le faire taire.

— Mon emploi du temps est très chargé, précisa le ministre Rensi ; ce matin, je suis convoqué par Sa Majesté pour examiner le futur plan d'irrigation, puis je déjeune avec le directeur du Trésor et je réunis ensuite les notables de la province. Aussi ordonneras-tu à Nekt de venir me rejoindre dans la salle du conseil en fin d'après-midi.

— C'est à lui que vous confiez l'arrestation de l'oasien, seigneur ?

— Annonce-lui que le conseil des notables et moi-même entendrons sa version des faits et démêlerons le vrai du faux.

6

Anoup était plein d'espoir.

Grâce à la probité du ministre Rensi, justice lui serait rendue, et Nekt n'échapperait pas au châtiment. Après avoir récupéré ses ânes et ses marchandises, l'oasien pourrait enfin les vendre et retourner chez lui.

En fin de compte, les angoisses de son épouse étaient fondées ; si de semblables circonstances se reproduisaient, il prendrait soin de ne pas négliger l'avis de Mérit.

Il ne cessait de penser à elle et à ses enfants qui, privés de son soutien, connaîtraient des difficultés matérielles si son absence durait trop longtemps. Cette pénible affaire devait être résolue au plus vite pour que sa famille ne soit pas victime de malveillances exercées par les jaloux, trop heureux des déboires d'Anoup.

L'attente durait depuis deux jours, et l'estomac de l'oasien criait famine ; mais il n'osait pas quitter cette cabane, de peur d'être considéré comme un fuyard.

Non, Rensi ne serait pas cruel au point de le laisser dépérir ici, loin des siens, abandonné de tous... Mais s'il avait adopté cette solution, n'était-ce pas pour éviter la mise en accusation de son fidèle serviteur, Nekt ?

Au moment où le doute commençait à l'envahir, Anoup vit venir vers lui le porteur de sandales du ministre.

Enfin, la délivrance !

L'oasien bondit hors de la cabane.

— Nekt a-t-il été inculpé ?

— C'est plus compliqué que ça, déclara l'employé du ministre.

— Comment, compliqué ?

Le porteur de sandales était un quinquagénaire jovial, bon vivant et d'abord facile.

— Nekt a été convoqué devant le conseil des notables, pas devant un tribunal où ta présence aurait été indispensable. Le ministre Rensi a formulé les accusations, telles que tu les as portées contre son intendant, mais ce dernier a répondu que le vrai coupable, c'était toi. Tu as dégradé une étoffe précieuse, tu l'as menacé et tes ânes ont dévasté son champ d'orge, comme le stipule le rapport d'un scribe qui a constaté les dégâts. Pour t'éviter un procès qui t'aurait envoyé en prison, Nekt s'est contenté d'une simple réquisition. Il s'est ainsi montré très généreux à ton égard, car tes marchandises n'ont guère de valeur, et tes ânes sont vieux et malades.

De plus, il accepte même de te restituer un sac de sel que tu vendras au marché avant de rentrer chez toi.

Anoup blêmit d'indignation.

— Mais... Ce sont d'abominables mensonges ! Mes marchandises sont de première qualité, mes ânes jeunes et en excellente santé, et j'ai été volé par ce bandit de Nekt !

— Je ne sais pas qui dit la vérité, avoua le porteur de sandales, mais je te conseille d'accepter ce que te propose Nekt et de regagner ton oasis. Contester ses déclarations ne t'attirera que des ennuis.

— Qu'ont déclaré les notables ?

— Ils ne se sont pas prononcés.

— Et le ministre Rensi ?

— Il est resté silencieux.

— Silencieux ! s'indigna Anoup. Ne devait-il pas mener une enquête approfondie pour démontrer ma bonne foi ?

— À mon avis, tout le monde préfère que cette histoire ne dégénère pas. Comme tu ne peux rien prouver, contente-toi de ce sac de sel et ne t'attarde pas dans la région. Nekt est plutôt rancunier, et il ne te ménagerait pas.

— Ce n'est pas possible... La justice ne sera pas bafouée à ce point-là ! Un ministre de Pharaon n'a pas le droit d'étouffer ainsi la vérité.

— Suis mon conseil, l'oasien, et tu t'en porteras bien.

Le porteur de sandales s'éloigna, abandonnant un Anoup prostré, en état de choc.

Toutes les valeurs sur lesquelles il croyait que l'Égypte était bâtie venaient de s'effondrer. Ainsi, sur la terre aimée des dieux où régnait la déesse Maât, la fille de la lumière divine, un criminel comme Nekt demeurait impuni !

L'oasien refusa de plier sous les coups du sort. Oubliant la faim et la déception, il marcha d'un bon pas pour atteindre le domaine de son persécuteur. Sans crainte, il emprunta de nouveau l'étroit chemin de la digue, entre le champ d'orge et le terrain inondé.

Alors qu'il s'approchait de la demeure de Nekt, un âne galopa dans sa direction.

— Grand Nez !

Le quadrupède frotta son front contre la poitrine de son maître qui lui dispensa les caresses dont il était privé depuis leur séparation.

Tout à la joie de leurs retrouvailles, l'âne et l'oasien ne virent pas un Nekt échevelé, armé d'un gourdin, traverser son jardin en courant avec l'intention de les frapper l'un et l'autre.

Au dernier moment, Grand Nez décocha une ruade qui atteignit l'agresseur au bas-ventre et lui arracha des cris de douleur.

Sans déplaisir, Anoup le regarda se tordre sur le sol, et il lui sembla que Grand Nez riait.

Mais Nekt reprit vite ses esprits et se releva.

— Cet âne a mangé sa corde et il tente de s'enfuir !

— Il rejoint son maître, et je suis venu chercher les autres.

— Oublies-tu que j'ai procédé à une réquisition légale ?

— Il n'y a pas eu de jugement, objecta Anoup, et tu commets un vol en agissant ainsi. Rends-moi mes biens et mes bêtes, sinon je ne renoncerai pas à lutter contre toi.

Nekt eut un rire nerveux.

— Tu n'es qu'un puceron que j'écraserai quand il me plaira.

— Ne sois pas aussi arrogant, Nekt ; avec un homme qui n'a plus rien à perdre, ne vaut-il pas mieux négocier ?

— Tu oses me menacer !

— Toi et moi savons que tu es un menteur et un voleur. Et tout le monde finira par le savoir.

— Tu n'es rien, et personne ne t'écoutera. Prends un sac de sel et disparais.

— N'espère pas t'en tirer à si bon compte, Nekt.

— Et toi, qu'espères-tu, avorton ! N'as-tu pas compris que, pour le ministre Rensi, tu es quantité négligeable ?

— Je ne peux croire qu'un homme, même toi, soit foncièrement mauvais, avoua Anoup. Il m'a fallu de longues années de travail pour devenir propriétaire de tous ces ânes et préparer cette expédition, avec le seul désir de donner une certaine aisance à ma famille. Ce n'est pas seulement moi que tu dépouilles, mais aussi ma femme et mes deux fils. Tu n'as pas le cœur sec au point de l'oublier, et j'accepte de te pardonner. Rends-moi ce qui m'appartient, Nekt, et je ne porterai pas plainte contre toi.

— Pauvre naïf... Crois-tu que je te crains ? Quitte immédiatement mon domaine et ne remets plus les pieds ici.

— Je te le demande une dernière fois, Nekt : renonce à faire le mal.

— Encore un mot, oasien, et je te fracasse le crâne !

Le regard enfiévré de Nekt fit comprendre à Anoup qu'il était prêt à frapper. Et quand il s'empara à nouveau de Grand Nez pour le ramener dans un enclos, l'oasien n'osa pas intervenir de peur que le forcené ne blessât l'âne.

Sa démarche ayant échoué, Anoup se retrouvait seul, sans allié, réduit à l'impuissance. Mais il ne renoncerait pas à lutter.

7

Anoup se présenta au gardien de la villa de Rensi.

— Me reconnais-tu ?

— Que veux-tu encore ?

— Voir ton maître.

— Tu as de la chance... C'est le jour de son audience publique. Puisque tu es persévérant, entre.

Le gardien s'écarta, et un serviteur conduisit l'oasien jusqu'à un kiosque fleuri. Le ministre y écoutait les doléances de ceux qui avaient un réel motif de se plaindre.

Anoup s'inclina devant lui.

— Seigneur, n'êtes-vous pas comparable au fil à plomb qui ne doit commettre aucun écart ? Puisque vous êtes riche, vous devez protéger le pauvre de ceux qui tentent de le dépouiller du peu qu'il possède. Un bon gouvernail ne fait pas dévier le bateau de sa route, une bonne balance ne penche pas. Comment les humbles auraient-ils le courage de lutter contre le mal et l'injustice si les grands ne donnent pas l'exemple ?

— Sont-ce des accusations portées contre moi, Anoup ?

— À chaque enfant de ce pays, n'apprend-on pas

cette maxime : «Agis pour celui qui agit»? Moi, j'ai agi en vous apprenant la vérité ; pourquoi n'agissez-vous pas pour moi ? Voudriez-vous me faire admettre que le voleur a le droit de voler?

— Ne va pas trop loin, l'oasien ; il pourrait t'en cuire.

— Si vous aviez mené une enquête sérieuse, seigneur, vous auriez constaté que Nekt était bel et bien coupable.

— Nekt prétend le contraire et il dispose du témoignage d'un scribe des champs.

— Ce scribe est son complice, seigneur ! C'est lui qui m'a indiqué le chemin où m'attendait Nekt.

— Te croirais-tu victime d'un complot, Anoup?

— N'est-ce pas une certitude ?

— Pas aux yeux du conseil des notables.

— Parce qu'ils refusent d'admettre que l'un des leurs a commis une faute grave !

— J'ai plusieurs plaignants à recevoir, Anoup; si tu n'as pas d'autres arguments à me proposer, ne m'importune pas davantage.

Anoup parvint à contenir sa colère et il se retira. Ainsi, Nekt avait raison ; le ministre Rensi considérait bien l'oasien comme quantité négligeable et il ne tenait nullement à lui rendre justice. L'affaire était classée, le mal triomphait.

Révolté, Anoup n'avait plus qu'à rentrer chez lui pour apprendre à son épouse ce qui s'était passé. Mais, en marchant vers la cabane, il songeait encore à combattre et à reprendre ses biens par la force s'il le fallait.

Projet dérisoire, en vérité... Nekt et ses serviteurs n'auraient aucune peine à le terrasser et, s'il s'attaquait à eux, il risquait de finir noyé dans le canal.

Dans sa modeste demeure, une surprise l'attendait : dix pains et deux cruches de bière ! Affamé, l'oasien se jeta sur la nourriture. Le pain était frais, la bière douce. Ce repas inattendu lui redonna confiance et lucidité. Non, il ne devait pas céder à la violence, mais persuader les autorités de sa bonne foi et prouver, par son inusable persévérance, qu'il méritait attention.

Le ministre Rensi n'avait pas fini de l'entendre.

★

En dehors du jour d'audiences officielles, Anoup n'avait d'autre choix que de nager jusqu'au bateau de fonction du ministre.

Quand le porteur de sandales le vit sortir de l'eau, au moment où Rensi allait embarquer, il se mit en colère.

— Ça suffit, l'oasien ! Cette fois...

Un geste de Rensi ramena le calme.

— Pratiquer la justice, c'est respirer, déclara Anoup, essoufflé. Si un ministre de Pharaon refuse cette réalité, je serai le premier à mourir, puis le pays entier sera asphyxié. Ne devez-vous pas être semblable à la crue qui fertilise la terre et nourrit les êtres, et non au flot dévastateur qui détruit celui dont la requête est fondée ? Ne répondez pas à la sincérité par l'hypocrisie et cessez d'agir à la légère, alors que chacun connaît le poids de votre parole !

Le porteur de sandales était effaré par l'impudence de l'oasien, mais Rensi demeurait immobile comme le granit.

— As-tu terminé, Anoup ?

— Pourquoi refusez-vous de m'entendre, seigneur, vous qui devriez avoir de grandes oreilles, et pourquoi refusez-vous de convoquer le tribunal qui prouverait à la fois mon innocence et la culpabilité de Nekt ?

Visiblement irrité, le ministre emprunta la passerelle.

— Je te préviens, Anoup, déclara le porteur de sandales : si tu croises encore notre chemin, tu risques la
bastonnade. Quand cesseras-tu de t'acharner en vain ?

— Jamais, répondit l'oasien. Ne comprends-tu pas
que je me bats aussi pour toi ?

— Que veux-tu dire ?

— Si toi aussi, un jour, tu es victime d'une injustice, accepteras-tu d'être lâché par le ministre Rensi ?

Abandonnant un porteur de sandales ébahi, Anoup se
rendit en ville pour découvrir les temples et les bâtiments
principaux de la capitale. La splendeur des édifices
l'émerveilla, mais il ne prit qu'un bref plaisir à cette
vision, car il ne songeait qu'à interroger des badauds
complaisants pour obtenir le maximum de renseigne-
ments sur Rensi.

Ainsi avait-il appris l'emplacement du bureau du
ministre et plusieurs de ses habitudes, comme sa visite,
chaque soir, au temple du dieu bélier d'Hérakléopolis ;
Rensi bénéficiait d'une excellente réputation, et nul
ragot ne courait sur son compte.

Anoup repéra les lieux et il rentra à sa cabane où il
dormit d'un sommeil agité en tentant de trouver une
nouvelle stratégie pour obtenir gain de cause.

Au petit matin, il sortit de son abri et se cacha dans
un bosquet de roseaux avec l'intention d'observer son
bienfaiteur, si ce dernier revenait lui apporter de la nourriture.

L'oasien ne fut pas déçu : alors que le soleil ressuscité
commençait son ascension vers le sommet du ciel, une
vieille femme s'approcha de la cabane, vérifia que son
occupant était absent et déposa sur le seuil dix pains et
deux cruches de bière.

Anoup jaillit de sa cachette.

— Qui es-tu ?

La vieille fut terrorisée.

— Ne me fais pas de mal !

— Je désire simplement savoir qui tu es.

— Une grand-mère qui ne supporte pas de voir quelqu'un avoir faim... J'habite dans les faubourgs, et l'on y raconte qu'un étranger s'est installé ici et qu'il manque de tout. Comment célébrerions-nous la prochaine fête si quelqu'un sombre dans la misère ? Moi, je ne veux pas savoir qui tu es et ce que tu as fait pour en arriver là. Au moins, tu as un toit et de quoi te nourrir. Si tu le désires, tu retrouveras le bon chemin.

8

Nekt et son complice, le scribe des champs à la petite moustache, dégustaient un canard rôti accompagné d'un vin blanc de l'oasis de Khargeh.

— Il paraît que l'oasien se trouve toujours dans les parages ?

— Exact, Nekt, mais il n'y a vraiment aucun motif d'inquiétude.

— N'a-t-il pas tenté de parler au ministre ?

— Si, et même à plusieurs reprises, mais il a essuyé des échecs cuisants ! Rensi a lu mon rapport, et les notables ne tiennent pas à s'encombrer d'un obscur dossier concernant un étranger que personne ne connaît. Ta réputation est fermement établie, et ce n'est pas ce médiocre qui risque de l'entamer !

— Pourquoi s'obstine-t-il à demeurer ici alors qu'il n'a aucune chance de se faire entendre ? s'étonna Nekt.

— Les oasiens sont à la fois stupides et têtus, et celui-là les surpasse tous ! Il lui faudra du temps pour comprendre que la seule issue est de retourner dans sa contrée perdue.

Énervé, Nekt jeta aux chiens un os de canard.

— Tout de même, sa présence me dérange... Et puis je lui ai fait une promesse que j'ai envie de tenir.

— Laquelle ?

— Le réduire définitivement au silence s'il continuait à rôder dans les parages.

— Tu ne veux pas dire...

— Si, le tuer.

Le scribe s'affola.

— Ne fais pas ça, Nekt !

— C'est toi qui m'en empêcheras ?

— Non, non... Mais ôter la vie d'un être humain... Le tribunal de l'autre monde te condamnera à la seconde mort et ton âme sera détruite !

— Je trouverai bien un mensonge qui égarera les juges ! s'esclaffa Nekt.

— Si tu supprimes Anoup, estima le scribe des champs, tu seras immédiatement soupçonné. Qui d'autre que toi souhaiterait sa fin brutale et prématurée afin que le dossier fût définitivement refermé ? Une enquête approfondie sera menée, et même moi, je serai inquiété. Contente-toi d'attendre, je t'en supplie, et tout ira bien.

— J'aimerais tellement me débarrasser de ce gêneur...

— Tu as obtenu ce que tu voulais, Nekt, ne commets pas l'erreur qui causerait ta perte.

Le haut fonctionnaire réfléchit longuement.

— Tu es un peureux, scribe, mais tu n'as pas tort. On va laisser ce paysan pourrir sur place avant de revendre ses marchandises pour en tirer un gros bénéfice. Au fond, je lui suis reconnaissant, puisqu'il m'a permis de m'enrichir sans peine.

★

La matinée avait été longue, les discussions serrées ; sur chaque point litigieux, le ministre Rensi avait dû trancher en privilégiant toujours l'intérêt général afin de mettre au point un plan d'irrigation qui permettrait à toutes les provinces du pays de bénéficier des bienfaits de la prochaine crue.

Quand Rensi sortit du bâtiment administratif, Anoup se trouvait sur le parvis, face à deux gardes armés d'une lance et d'un gourdin.

— Tu es encore là, déplora le ministre.

— Vous avez la puissance du faucon, seigneur, et moi, je suis devenu votre proie, sans aucune possibilité de se défendre. Serez-vous un rapace cruel ou le maître du ciel, chargé de transmettre la lumière ? Voyez, il ne me reste plus que ma langue pour combattre. J'ai songé à récupérer mes ânes en faisant appel à leur chef, Grand Nez, et nous aurions affronté Nekt. Mais puisqu'aucun jugement n'a été prononcé, ne m'aurait-on pas accusé de me comporter, moi aussi, comme un malfaiteur ? Alors, je continue de faire confiance à la justice, à cette justice qui passe par votre décision de m'accorder enfin la considération qui m'est due. Je ne céderai pas à la violence, je ne causerai aucun tort à mon ennemi, je désire demeurer sur le chemin de Maât, mais n'est-ce pas à vous de m'y maintenir, comme tout un chacun, par votre attitude ?

— Je suis fatigué, Anoup, et tes bavardages m'ennuient.

— Permettez-moi de sortir enfin de la nuit, seigneur, et de marcher en pleine lumière ! Ne transformez pas votre pouvoir en tyrannie en oubliant d'être le refuge des faibles et des opprimés.

Les deux soldats levèrent leur gourdin et frappèrent l'oasien aux épaules.

— Ravale tes injures et déguerpis, lui ordonna l'un d'eux, sinon tu recevras une rossée dont tu te souviendras !

Anoup battit en retraite.

Le ministre s'était installé dans sa chaise à porteurs sans même lui accorder un regard compatissant.

★

Dix pains et deux cruches de bière : la vieille se montrait toujours aussi charitable. Sans elle, Anoup n'aurait pas eu la force de continuer.

À présent, il savait qu'il irait jusqu'au bout, quelles que fussent les conséquences de sa décision et les résultats de son entreprise dont, fatalement, sa femme et ses enfants finiraient par souffrir. La date prévue pour son retour était dépassée et, jour après jour, ils s'angoisseraient davantage. En s'obstinant, il les entraînerait dans son malheur, mais comment l'éviter ?

La vieille réapparut. De son panier en jonc, elle sortit un gâteau fourré aux dattes.

— Demain, c'est la fête du vin, et j'ai préparé des pâtisseries ; désires-tu te joindre à nous ?

— Je te remercie pour ton invitation, mais je n'ai pas le cœur à me réjouir, si loin de ma famille et du bonheur perdu.

164

— Ici, tu gâches ta vie... Qu'attends-tu encore pour partir retrouver les tiens ?

— Cette nuit, j'ai rêvé de la déesse Maât... Elle m'est apparue comme une femme merveilleuse, à la fois proche et inaccessible, dotée d'une force qu'aucun mal ne saurait atteindre, mais si fragile lorsqu'elle tente de résider sur cette terre. Le jour où elle décidera de demeurer au ciel, nous deviendrons tous victimes de la barbarie et de l'injustice, comme je le suis aujourd'hui. C'est pourquoi je n'ai pas le droit de renoncer, même si je cours à l'échec.

— Tu es trop compliqué pour moi... Puisse la déesse t'être favorable.

Anoup contempla le gâteau qui lui fit songer à ceux que son épouse préparait avec virtuosité ; grâce à sa gaieté, elle résolvait les mille et un petits problèmes quotidiens et lui rappelait ainsi qu'ils avaient eu le bonheur de se rencontrer puis de vivre ensemble, à l'ombre des palmes de l'oasis.

Il était persuadé que Mérit aurait approuvé son attitude en l'encourageant à persévérer ; et c'est dans cette certitude qu'il puisait un nouvel espoir alors qu'un chien errant, la queue basse et les yeux inquiets, hésitait à s'approcher.

— Viens, n'aie pas peur.

Mètre après mètre, l'animal s'enhardit.

— Partageons nos solitudes et ces nourritures, lui proposa Anoup.

En lui donnant son nom, les parents de l'oasien l'avaient placé sous la protection du dieu Anubis, incarné dans le chacal qui guidait les ressuscités vers les paradis. Aussi Anoup fut-il heureux de partager avec le chien errant un maigre festin que son compagnon d'un soir apprécia avec ferveur.

Demain, Anoup apporterait au ministre ses derniers arguments.

9

Le ministre Rensi aimait méditer dans le temple du dieu bélier, symbole de la puissance de la création qui se renouvelait à chaque instant. Surgissant de l'océan primordial, elle devenait lumière qui éclairait à la fois le ciel, la terre et le cœur des sages.

En sortant du temple, Rensi emprunta l'allée de sphinx chargés d'écarter le profane du sanctuaire. Et il vit Anoup l'oasien que deux ritualistes au crâne rasé empêchaient de pénétrer dans le domaine sacré.

— Vaquez à vos occupations, leur ordonna Rensi ; je connais cet homme.

— Cette fois, seigneur, il faut m'écouter ! Malgré la nourriture que m'offre une brave femme, je suis à bout de forces et je ne supporte plus d'être séparé de ceux que j'aime et qui m'aiment. En essayant de comprendre pourquoi vous me traitez de cette manière, j'ai abouti à une conclusion que personne ne saurait admettre : votre complicité avec Nekt. Vous êtes son supérieur, certes, et il est votre obligé ; mais il est impossible que vous le protégiez au point d'oublier ses crimes.

— N'as-tu rien d'autre à dire, Anoup ?

— Ne devez-vous pas chercher à connaître la vérité, même si elle vous déplaît ? Si vous n'agissez pas ainsi, le mal finira par vous atteindre, vous aussi, quelles que soient votre grandeur et votre puissance. Toute la ville a placé sa confiance en vous pour que vous prononciez des jugements équitables en réduisant le mensonge à néant, mais vous accordez à un brigand le droit de voler et de maltraiter autrui en toute impunité. Dans le monde des hommes, la vérité ne se fixe pas si les grands oublient de la nourrir et s'ils permettent aux fourbes de l'amoindrir ; n'est-elle pas l'une des portes de l'éternité ? Vous qui êtes autorisé à méditer dans le temple, seigneur, vous qui bénéficiez de la protection des dieux pour accomplir votre tâche, pourquoi refuser de m'entendre et de me donner satisfaction ? Le rouleau de Thot se trouve entre vos mains, vous êtes dépositaire de sa science et vous savez que nul mensonge ne parvient à bon port. Ne soyez pas partial, écoutez votre cœur et vous saurez que mes paroles sont véridiques.

— Écarte-toi, Anoup.

L'oasien hésita.

— Tu refuses d'obéir ?

Anoup songea à sa famille. Non content de le châtier, le ministre pouvait s'en prendre à elle.

Alors, il s'écarta pour laisser le passage à Rensi.

— Tu désirais me voir, Nekt ?

— J'ai besoin de vos conseils, seigneur.

— Déguste une grappe de raisin et sers-toi une coupe de bière fraîche, proposa le ministre Rensi à son intendant. M'apportes-tu des résultats positifs ?

— Meilleurs que l'année dernière : grâce aux efforts de mes paysans, vos terres fourniront des récoltes exceptionnelles.

— As-tu songé à augmenter leurs salaires ?

— Oui, seigneur, bien entendu.

— Et tu souhaiterais que le tien le fût aussi ?

— À vous de juger.

— Es-tu satisfait de ta condition, Nekt ?

— J'ai de lourdes responsabilités et j'essaye de les assumer de mon mieux. Grâce à vous, je suis devenu un homme important et je vous en suis reconnaissant. Sachez que je ne l'oublie pas et que je ne cesse de défendre vos intérêts.

— Je n'en doute pas, Nekt, mais tu sembles soucieux. Pour quelle raison ?

— Un simple détail... La présence de cet oasien, dans une cabane sise sur l'un de vos domaines, commence à faire jaser. Les gens des environs craignent qu'il ne soit dangereux et se demandent pourquoi vous tolérez sa présence.

— Dans mon esprit, il ne s'agissait que d'un abri provisoire, et j'espérais que l'oasien n'y séjournerait que peu de temps.

— Il s'incruste, seigneur, et il finira par voler ou agresser quelqu'un ! Désirez-vous que je vous débarrasse de ce gêneur ?

Le ministre réfléchit.

— L'idée est séduisante. Mais lorsqu'on désire gravir les marches du pouvoir, il ne faut commettre aucune maladresse. Aussi me paraît-il préférable de faire appel à la police qui procédera à une expulsion en règle.

— Comme il vous plaira, seigneur.

★

Anoup avait arpenté les rues de la capitale la journée durant, ne sachant plus que faire ni où aller. Comme il regrettait de ne pas être un héros capable de lever une armée, d'attaquer les bâtiments de l'administration et de capturer ce ministre malhonnête ! Amusé par sa propre naïveté, Anoup avait ri et pleuré de rage avant de s'asseoir contre le mur d'une maison.

Ainsi, il avait échoué.

Justice ne lui serait pas rendue, les ânes et les marchandises resteraient la propriété de Nekt et la déesse Maât n'existerait plus qu'en rêve, un rêve trop beau et trop pur pour devenir réalité.

— Tu veux quelque chose ?

Anoup ouvrit les yeux pour découvrir un petit garçon qui ressemblait au plus jeune de ses fils.

— Tu habites dans cette maison ?

— Oui, avec maman et mon grand frère.

— Et ton père ?

— Il est parti rejoindre la déesse du Bel Occident qui accueille les justes dans son paradis. Comme il a été bon avec nous et qu'il n'a fait de mal à personne, elle lui donnera à boire et à manger pour l'éternité. Là-bas, il nous protège et il nous attend. Mon frère et moi, nous pensons chaque jour à lui et nous savons que nous le retrouverons.

Anoup serra le petit homme dans ses bras.

— Tu as raison, il vous protège et vous le retrouverez.

— Toi, tu es tout seul ?

— Dans cette ville, oui, mais j'habite une oasis où vivent mon épouse et mes deux fils.

— Ils doivent s'ennuyer, sans toi.

— J'avais un travail à faire, ici.

— Et tu as terminé ?

— Je n'ai pas réussi, à cause d'une injustice.

— Tu devrais implorer la déesse du Bel Occident. Avec elle, il n'y a jamais d'injustice.

Quand il reprit le chemin de la cabane, Anoup médita les paroles du garçonnet qui lui était apparu comme un messager, capable de lui ouvrir de nouveaux chemins.

À présent, l'avenir s'éclaircissait ; étant donné la complicité du ministre Rensi et de son intendant Nekt, l'oasien ne parviendrait pas à faire éclater la vérité. Porter directement l'affaire devant le tribunal de la ville serait inutile ; quel juge écouterait un étranger qui osait accuser d'aussi puissants personnages ?

Il restait encore un mince espoir, et Anoup devait tenter une ultime démarche pour obtenir la preuve de la culpabilité de ses adversaires. S'il échouait, il se plierait à la loi inflexible du destin que venait de lui rappeler le petit garçon.

10

Sur le seuil de la cabane, la vieille déposa dix pains et deux cruches de bière.

— Ils sortent du four, précisa-t-elle, et la bière vient d'être brassée.

— La fête du vin s'est-elle bien passée ? demanda Anoup.

— Toute la famille était réunie, et nous avons célébré le culte des ancêtres.

— L'intendant Nekt t'a-t-il déjà causé du tort ?

— Je m'en suis toujours tenue éloignée ! C'est un

homme dangereux et cruel, capable du pire ; il trahira même ceux qui se croient ses amis.

— Pourquoi ne pas se révolter contre lui ?

— Parce que la révolte ne mène à rien et que personne n'en aura le courage.

— Parmi ses alliés, il y a un scribe des champs qui porte une petite moustache ; sais-tu où il habite ?

— Tout près d'ici... Mais ne t'en prends surtout pas à lui ! C'est l'âme damnée de Nekt, et il se plaindrait aussitôt à son patron qui ne manquerait pas d'exercer des représailles contre toi.

— Qu'ai-je encore à craindre ? Nekt m'a dépouillé de tout.

— Il te reste la vie !

— Est-ce vraiment vivre que d'être ainsi réduit à la misère et à la déchéance ?

★

Le scribe des champs faisait ses comptes. Avec le blé qu'il avait détourné et les gratifications de Nekt, il s'achèterait un pagne, des sandales et un lit couvert de coussins moelleux. Comme il avait eu raison d'oublier les règles de morale enseignées à l'école des scribes ! Les paroles des vieux sages l'avaient toujours ennuyé, et il avait vite compris qu'il ne ferait pas fortune avec des maximes surannées.

La rencontre avec l'intendant Nekt, également dépourvu de scrupules, avait été décisive. Le scribe des champs avait suivi l'ascension de son patron et il s'en félicitait chaque jour, avec la certitude que ses bénéfices ne cesseraient d'augmenter.

Quand sa servante lui annonça un visiteur étrange et mal vêtu, il se prépara à renvoyer sèchement l'un de ces paysans un peu plus virulent que ses congénères et qui, de temps à autre, osait émettre une protestation. Le scribe était particulièrement doué pour traiter ce genre de cas en évitant la récidive.

Quelle ne fut pas sa surprise de découvrir... Anoup l'oasien !

— Je n'ai pas une seconde à t'accorder.

— Oh que si ! s'exclama Anoup. Souviens-toi : c'est toi qui m'as indiqué le mauvais chemin, celui qui passe par le domaine de ton ami Nekt.

— Je ne me souviens pas... Et tout le monde peut se tromper.

— Tu as rédigé un rapport inexact sur les faits et tu t'es ainsi rendu coupable d'un faux témoignage qui viole la loi de Maât et me réduit au désespoir.

Le scribe ricana.

— Pour être franc, ton cas m'importe peu... Et que sais-tu de la loi ? Ce qui est écrit est écrit, et personne ne reviendra là-dessus.

— Je fais appel à ta conscience et à ton sens du devoir : va voir le ministre Rensi et avoue-lui que tu as menti par crainte de Nekt. Et si le ministre refuse de t'écouter, porte plainte contre lui devant un tribunal. On reconnaîtra ta probité et l'on te pardonnera tes erreurs.

— Tu es devenu fou, l'oasien !

— Faire vivre la justice, n'est-ce pas l'essentiel d'une vie ?

— Sache que ta présence devient aussi encombrante qu'exaspérante, Anoup ; si tu désires éviter de très graves ennuis, hâte-toi de regagner ton oasis.

— Refuses-tu ma proposition ?

— Pauvre imbécile ! Comment as-tu pu croire un seul

instant que j'allais l'accepter ? Tu es vraiment trop bête, Anoup, et tu mérites bien ton sort.

— Ne penses-tu pas que commettre le mal finira par se retourner contre toi ?

— Il suffit de considérer ta situation et la mienne pour se persuader du contraire ! Sors de chez moi, Anoup, et disparais !

Alors qu'Anoup contemplait le coucher du soleil, ce moment de grâce où la paix inondait le cœur des êtres vivants, le chien errant était revenu, et ils avaient partagé le pain. Cette fois, le farouche compagnon était demeuré un peu plus longtemps auprès de son hôte, comme s'il pressentait leur inéluctable séparation.

Anoup avait même réussi à le caresser, et il lui parla longuement des années heureuses qui s'étaient écoulées bien trop vite.

Lorsque la lune, le soleil de la nuit, trôna au sommet du ciel, le chien reprit son errance, abandonnant l'oasien à sa solitude et à ses souvenirs. Pourquoi avait-il quitté son oasis et tenté cette aventure qui l'avait conduit au malheur ?

Nul ne revenait en arrière, et il lui fallait affronter la réalité, aussi sinistre fût-elle. Puisque toutes ses démarches avaient échoué, la seule issue était le renoncement ; mais au moins, le principal coupable saurait ce que sa victime pensait de lui.

Anoup se présenta au porteur de sandales du ministre Rensi.

— Je te croyais parti !

— J'aimerais parler à ton maître.

— À mon avis, il n'a plus la moindre envie de te voir !

— Dis-lui ce que sera la dernière fois et qu'il doit entendre ce que j'ai à lui dire.

— Tu m'es sympathique, l'oasien... Je vais essayer. Mais s'il refuse, n'insiste pas.

Quand le ministre arriva au débarcadère, son porte-sandales formula la requête d'Anoup.

Rensi hocha la tête affirmativement, et le serviteur fit signe à l'oasien d'approcher.

Le visage du haut dignitaire était d'une sévérité à effrayer le plus brave, mais Anoup ne recula pas.

— Ce sera notre ultime rencontre, seigneur. J'ai tenté de convaincre Nekt et son complice, le scribe des champs, de dire la vérité, et j'ai échoué ; comme vous êtes leur allié et leur protecteur, je n'ai plus rien à espérer et vous avez gagné. Je vous félicite, seigneur, mais sachez que vous êtes aveugle et sourd, semblable à une cité livrée à l'anarchie et au pillage, à une armée sans général, à un bateau sans gouvernail, à un policier qui se comporte comme un assassin et à un prêtre de Maât qui passe son temps à mentir.

Le porteur de sandales était abasourdi par ce déferlement d'injures. Le ministre n'avait pas perdu son sang-froid.

— Dois-je comprendre que tu quittes enfin la capitale ?

— Vous pouvez être satisfait, seigneur, mais vous devriez aussi être inquiet.

— Pour quelle raison ?

— Ce que les humains m'ont refusé, les dieux me l'accorderont. Je porterai plainte contre vous et vos complices auprès d'Anubis, et c'est le tribunal d'Osiris qui vous condamnera lorsque je ne serai plus qu'une ombre.

La menace de l'oasien glaça le sang du porteur de sandales, mais Rensi resta imperturbable.

— N'as-tu pas peur d'entrer dans la mort, Anoup?

— Je n'ai plus d'autre refuge. Et mieux vaut mourir que de vivre sous le joug de l'injustice.

Sous le regard froid du ministre Rensi, l'oasien s'éloigna sans hâte.

11

Anoup avait passé une nuit blanche, sa dernière nuit dans une capitale où il n'avait connu qu'épreuves et déceptions. La légende prétendait que les justes qui se noyaient dans le Nil étaient accueillis favorablement par le tribunal d'Osiris, le seul qui écouterait l'oasien.

En son for intérieur, Anoup savait qu'il n'avait commis aucune faute et il était résolu à entreprendre le grand voyage sans la moindre angoisse pour que la vérité soit reconnue, au moins dans l'autre monde.

Le soleil venait de se lever, mais la vieille femme n'avait apporté ni pains ni bière. Elle aussi l'abandonnait... N'était-ce pas l'ultime signe qui dictait à l'oasien la conduite à suivre?

Alors qu'il s'éloignait de la cabane, cinq policiers l'interceptèrent.

— Tu dois nous suivre, Anoup, déclara leur chef.

— Vous m'arrêtez?

— Si tu refuses d'obtempérer, nous utiliserons la force.

L'oasien n'avait aucune chance de s'enfuir. Après ses

déclarations, il aurait dû s'attendre à une réaction éner-
gique du ministre.

— Où me conduisez-vous ?

— Tu le verras bien.

Résigné, mais inquiet à l'idée de la longue peine de
prison à laquelle il serait inévitablement condamné,
Anoup regrettait de ne pas s'être jeté plus tôt dans le
fleuve.

Les policiers l'emmenèrent jusqu'au bureau de Rensi
où le ministre terminait de dicter une lettre à un scribe.

— Ne m'avais-tu pas assuré que nous ne nous rever-
rions plus, Anoup ?

— Je souhaitais tenir ma promesse, seigneur, et je ne
suis pas ici de mon plein gré comme les fois précédentes.

— Maintiens-tu les reproches que tu m'as adressés ?

L'oasien n'hésita pas.

— Oui, seigneur.

— Tu ne manques pas de courage, voire de témérité.

— Même si je tremble de peur, j'aime trop la vérité
pour mentir à mon tour.

— Au point de payer le prix fort pour cette audace ?

— C'est vous qui détenez la force, et vous agirez
comme bon vous semble.

— En ce cas, je vais te faire rencontrer quelqu'un qui
aime davantage que toi cette vérité pour laquelle tu te
bats avec tant d'acharnement.

Le ministre prit la tête de la petite troupe qui n'eut
qu'un bref parcours à effectuer pour atteindre le palais.

Les gardes qui veillaient sur l'accès principal laissèrent
passer Rensi et Anoup, en proie à l'étonnement.

— Tu as oublié un fait essentiel, précisa le ministre ;
le gardien de Maât, celui qui s'en nourrit, s'en inspire et
maintient sa présence sur terre, à la place du désordre et

de l'iniquité, c'est Pharaon en personne. Comme je suis l'un de ses représentants dans la cité, c'est lui que tu as mis en cause à travers moi.

Anoup n'avait plus de jambes. Il comprit que son châtiment ne serait pas la prison mais la mort. En suivant le ministre dans le couloir qui menait à la salle d'audience du maître des Deux Terres, il n'eut pourtant qu'une idée : se justifier.

— Sa Majesté n'ignore rien, précisa Rensi, comme s'il avait lu dans ses pensées.

Le pharaon Khéty était assis sur un siège en bois doré et il n'était vêtu que d'une tunique blanche dépourvue d'ornements. Son visage était grave, serein et attentif.

Anoup n'osa pas le regarder et il s'agenouilla en cassant le buste.

— Rensi m'a parlé d'un oasien très éloquent, dit le roi, et je suis curieux de l'entendre.

— Majesté...

Anoup était incapable de s'exprimer. Tous les mots qu'il avait à dire se bousculaient et ne parvenaient pas à franchir le barrage de ses lèvres crispées.

— Majesté, bredouilla-t-il, je m'en remets à vous.

— C'est un exposé un peu court, ne crois-tu pas ? Par bonheur, Rensi a fait noter toutes tes déclarations par son secrétaire, et j'ai pris le temps de les lire. Aussi ai-je décidé de te mettre à l'épreuve pour savoir si tu étais vraiment un juste, capable d'aller jusqu'au bout de ta démarche.

L'oasien était abasourdi.

— Vous... vous savez donc que j'ai dit la vérité ?

— J'ai ordonné au ministre Rensi de mener une enquête approfondie pour vérifier tes dires et observer le comportement de ceux que tu accusais.

Anoup était tétanisé. Le jugement qu'allait émettre le roi serait définitif.

— C'est sur mon ordre qu'une dame de la cour, ravie de prendre l'allure d'une paysanne, t'a quotidiennement nourri, révéla le souverain ; et ta famille, elle non plus, n'a manqué de rien. Comme Nekt et son complice avaient fabriqué de fausses preuves et monté contre toi un dossier mensonger, Rensi devait démonter leur argumentation point par point afin que son acte d'accusation, corroboré par ton témoignage, soit accepté par le tribunal.

— Majesté, je regrette de...

— Surtout, ne regrette rien ! Tu as eu raison de te comporter ainsi et de critiquer sévèrement les autorités que tu croyais complices des malfaiteurs. Grâce à toi, nous avons pris conscience que Maât exigeait des grands une vigilance de chaque instant, et que protéger le faible était leur premier devoir. Tant qu'il y aura des hommes comme toi pour refuser l'iniquité et lutter contre les pouvoirs qui la pratiquent, cette terre continuera à accueillir des divinités, et nous y connaîtrons le bonheur.

★

Grand Nez leva la tête. Enfin, son maître revenait ! Aussi sectionna-t-il la corde qui l'attachait à un piquet pour s'avancer fièrement sur le chemin de la liberté.

Furieux, Nekt s'empara d'un bâton et il se rua à la poursuite de l'âne pour lui administrer une sévère correction.

Mais son élan se brisa lorsqu'il aperçut Anoup l'oasien, le ministre Rensi et une escouade de policiers.

Laissant Anoup à la joie des retrouvailles avec Grand Nez, le ministre apostropha son intendant.

— Tu as trahi ma confiance, Nekt, et tu as abusé de ta position pour rançonner les paysans en utilisant le mensonge et la corruption. Ton complice, le scribe des champs, a été arrêté et il a avoué. Tout ce que tu possédais, ta maison, tes terres, tes ânes, tes cochons et ta basse-cour deviennent propriété d'Anoup, en réparation des graves préjudices qu'il a subis par ta faute. Quant au châtiment qui te frappera, c'est à l'oasien de le choisir.

Pris de panique, Nekt tenta de s'enfuir, mais les policiers l'immobilisèrent. Lorsque Anoup s'approcha de lui, il s'agenouilla en sanglotant.

— Sois indulgent, oasien, ne cède pas à la vengeance !

— Tu as souhaité ma mort, Nekt, et je devrais souhaiter celle d'un lâche et d'un avide ! Mais tu as beaucoup de travail en retard, à la fois comme blanchisseur d'étoffes que tu laisses malencontreusement tomber sur les chemins ou comme moissonneur de champs d'orge dont tu oublies de couper les épis. Grâce à ta robuste constitution, tu remplaceras au moins trois de ces paysans que tu as si longtemps volés.

Le rire de Grand Nez ponctua le verdict de son maître.

Et le secrétaire du ministre nota que l'histoire de l'oasien épris de justice était venue à parfait achèvement, d'un commencement jusqu'à un terme.

Première publication : Le Grand Livre du Mois, 1999.

L'EXPERT

Le malheureux bonhomme était devenu complète-ment fou. Il ne croyait plus en personne, blasphémait à qui mieux mieux, se moquait du tiers comme du quart et menaçait de léguer sa fortune aux poissons du Nil.

Et la fortune, la belle et grosse fortune, c'est lui qui la possédait.

Son fils aîné réunit le conseil de famille afin de prendre une décision. Ou bien faire interner le dément, ou bien le déclarer irresponsable.

Une vieille cousine, vaguement sorcière, émit une troisième proposition.

— À l'évidence, un démon le possède. Avec leurs médicaments modernes, ils n'en viendront pas à bout. Emmenons-le voir saint Mercure aux deux épées. Voilà des siècles qu'il guérit les fous.

L'idée fit l'unanimité.

— Allez, grand-père, dit la cousine au patriarche, on t'emmène en voyage. Louxor, ce n'est pas bien loin.

Un premier miracle se produisit : le camion rouillé ne tomba pas en panne. Au grand complet, la maisonnée se mêla au bruyant pèlerinage en l'honneur de cet étrange saint qui avait survécu à l'islam.

La nuit précédant son éventuelle apparition, les femmes dormaient sous des tentes, les hommes à la belle étoile. Dès l'aube retentit un concert de tambourins, pendant que des cavaliers lançaient leurs chevaux à pleine allure pour montrer leur maîtrise. Inspirés par l'esprit du saint, les jeunes filles se mirent à danser.

La liesse s'installa jusqu'à la nuit.

Le grand-père avait été enchaîné et enfermé dans une cabane avec d'autres fous. Tous semblaient indifférents à leur sort.

À la nuit tombée, l'expert les examina.

Il élimina deux simulateurs et trois benêts de naissance pour s'attarder sur le cas du grand-père fortuné.

— De quoi t'accuse ta famille ?

— D'être riche.

— C'est vrai ?

— Vrai.

— À qui veux-tu léguer tes biens ?

— Au Nil, pour qu'il les engloutisse. Mais cette bande de rats me tuera avant.

— Ta famille est-elle tellement mauvaise ?

— Rien que des hypocrites et des voleurs ! Seul le fleuve nous redonnera l'antique sagesse. Qu'une vague immense se lève et nous purifie !

— Où se trouve-t-elle, ta fortune ?

— Ça, je suis seul à le savoir. Et comme j'ai perdu la tête, j'ai perdu aussi la mémoire.

L'expert convoqua la famille et déclara que le grand-père était suffisamment fou pour être présenté à saint Mercure.

Au cœur de la nuit, on recouvrit le malade d'une

étoffe blanche. À sa gauche, les femmes de sa maisonnée ; à sa droite, les hommes. Tous espéraient que saint
Mercure l'emmènerait dans l'autre monde après lui avoir
fait avouer son secret.

L'expert prononça les formules ancestrales destinées à
provoquer l'apparition du saint.

D'inquiétantes lueurs zébrèrent le ciel.

Chacun vit une sorte d'ange, immense, brandissant
deux épées semblables à des éclairs.

L'expert ôta l'étoffe.

Sur la poitrine du vieillard, au visage paisible, une
croix de sang.

— Il est guéri, jugea l'expert. Que sa folie retombe
sur ses accusateurs.

La première épée trancha le cou des hommes, la
seconde celui des femmes.

Et la foule acclama saint Mercure qui, une fois de plus,
avait identifié les mauvais esprits et réussi à les vaincre.

DJÉDI LE MAGICIEN

ET LES CHAMBRES SECRÈTES
DE LA GRANDE PYRAMIDE

1

L'impasse.

Il avait beau être le fils aîné du pharaon Khéops et le dignitaire le plus puissant de l'État après son père, Hor se trouvait confronté à un obstacle de taille.

Restait une petite chance : la réunion des architectes venus de toutes les provinces du royaume. Peut-être l'un d'eux détenait-il la clé de l'énigme.

Beau garçon, l'esprit vif, sportif, amoureux comblé, fin lettré, Hor se serait volontiers contenté d'une existence facile à Memphis, la capitale d'une Égypte riche et paisible.

Mais son père venait de concevoir un immense projet : l'édification de la plus monumentale des pyramides, qui dépasserait en hauteur et en volume celles construites à Dachour par son prédécesseur, le bon roi Snéfrou, adulé de la population.

Radiesthésistes et magiciens s'étaient entendus sur le

choix du site : le plateau de Guizeh. Puis une équipe de techniciens avait entrepris l'arasement de la roche sur laquelle pèseraient bientôt des milliers de blocs.

Chaque Égyptien savait que le pharaon assurait le lien indispensable entre le ciel et la terre, les divinités et les hommes. Désigné pour mettre l'harmonie à la place du désordre, son premier devoir consistait à construire un gigantesque escalier vers l'au-delà, afin que son âme monte vers le soleil, y puise la lumière et en répande les rayons sur son peuple.

Choisir les carrières, en extraire les meilleures pierres, les transporter : tout cela, malgré l'énormité de la tâche, ne présentait que des difficultés mineures qui n'effrayaient pas les maîtres d'œuvre.

Mais il avait bien fallu envisager le plan du dispositif intérieur de la pyramide. Et l'intervention des spécialistes ne laissait subsister aucune ambiguïté : seule la transposition des chambres secrètes de Thot rendrait efficace et lumineuse la grande pyramide. Si l'on ne respectait pas cette exigence, ce ne serait qu'un monument inerte. Les ritualistes étaient malheureusement incapables de fournir d'autres indications.

Aussi Khéops avait-il confié à son fils le soin de lever le voile protégeant ce mystère.

Dans un premier temps, Hor ne s'était pas trop inquiété. Scribe expérimenté, excellent connaisseur des textes anciens, il lui suffirait d'explorer la grande bibliothèque de Memphis pour y trouver les indications nécessaires.

Les écrits relatant les paroles de Thot, maître de l'écriture sacrée et des paroles de puissance, ne manquaient pas.

Mais aucune allusion à ses chambres secrètes !

Dépité, Hor s'était aussitôt rendu à Hermopolis, la cité de Thot, avec la certitude d'y obtenir les informations recherchées.

Nouvelle déception.

Les écrits des premiers âges étaient soigneusement inventoriés, mais aucun n'évoquait, de près ni de loin, ces chambres si bien cachées. Plusieurs entretiens avec les érudits locaux demeurèrent stériles.

En désespoir de cause, Hor s'adressait aux constructeurs.

Ils étaient une vingtaine, plutôt âgés et assez renfrognés. Peu habitués aux mondanités, ils n'appréciaient guère cette convocation.

— Pourquoi tant d'honneur ? demanda ironiquement un quinquagénaire venant d'Éléphantine, la principale ville du Sud.

— Je ne parviens pas à obtenir un renseignement essentiel aux yeux de Sa Majesté, et je compte sur vous pour me le procurer. Qui connaît le nombre et l'emplacement des chambres secrètes de Thot ?

Seul un profond silence répondit au fils aîné de Khéops.

Son ultime espoir s'évanouissait.

Alors que les architectes se dispersaient, un vieillard demeura assis. Chauve, décharné, il s'appuyait sur une canne.

— Désirez-vous de l'aide ? lui demanda Hor.

— Je marche encore seul, mais la fin s'approche. Après une longue vie de bâtisseur, je goûte les joies du repos auprès des miens.

— Pardonnez-moi de vous avoir obligé à vous déplacer.

— Je ne le regrette pas ! D'abord, j'étais curieux ;

ensuite, peut-être puis-je vous aider. Je dis bien : peut-être. Ces chambres, je n'en ai jamais entendu parler. Mais j'ai croisé un curieux personnage, un magicien nommé Djédi, que vous devriez consulter. Enfin... s'il accepte de vous recevoir.

— Oserait-il éconduire le fils aîné du pharaon ?

— Il oserait.

— Où réside-t-il ?

— À deux jours de navigation de Memphis, vers le sud, dans un village perdu de la rive ouest. Quand je l'ai rencontré, il y a une vingtaine d'années, mon chantier était envoûté par un artisan jaloux et déçu de ne pas avoir été engagé. Djédi a identifié le coupable et détruit son maléfice.

— Pourquoi croyez-vous qu'il détient des informations sur les chambres secrètes de Thot ?

— Il possède une immense bibliothèque regorgeant de textes rares.

La piste semblait bien mince, mais Hor remercia chaleureusement le vieillard.

Avant d'entreprendre un voyage sans doute décevant, il interrogea l'architecte du palais.

— Djédi ? Oui, c'était un magicien farouche, réfractaire aux honneurs et impossible à contrôler. C'est pourquoi il n'a pas été engagé à la Cour. Mais il doit être mort depuis longtemps ! S'il vivait encore, il aurait au moins cent dix ans.

De mince, la piste devenait inexistante. Néanmoins, la bibliothèque avait peut-être survécu.

2

Naviguer sur le Nil procurait toujours un immense plaisir, surtout lorsqu'on disposait d'un bon bateau et d'un équipage aguerri. Après avoir apprécié la douceur du paysage que rythmaient les cultures et les palmeraies, Hor s'était retiré dans sa confortable cabine pour y goûter du vin blanc des oasis et lire des contes où la magie occupait la part belle.

Le jeune homme n'aimait guère passer une soirée en solitaire, mais il avait jugé préférable de ne pas emmener l'une des belles qui tournaient autour de lui. Ces élégantes jeunes filles ne s'aventuraient guère dans la campagne, trop attachées au luxe de leurs villas citadines.

Alors qu'ils dînaient, baignés par les rayons du soleil couchant, Hor demanda au capitaine s'il avait entendu parler d'un magicien nommé Djédi.

— Un vague souvenir, très vague... Quand je m'occupais du transport de jarres vers le sud, peu après une crue très abondante, on racontait qu'un magicien avait séparé le fleuve en deux afin d'ôter l'excédent d'eau. Il me semble bien qu'il s'appelait Djédi. D'après les témoins, c'était déjà un vieil homme, il y a plus de vingt ans.

« Encore l'une de ces fables dont le peuple est friand », pensa Hor.

Au terme de deux jours de navigation, rendue agréable par un vent du nord modéré, le bateau accosta le débarcadère d'un gros bourg dont les coquettes maisons blanches à un étage se blottissaient à l'ombre de hauts sycomores.

Une dizaine d'enfants coururent vers la passerelle. Hor leur fit distribuer des gâteaux.

— Comment s'appelle ce village ?

— La Butte aux cailles, répondit un rouquin effronté.

— Peux-tu m'emmener chez le maire ?

— Facile, c'est mon père !

En moins de temps qu'il n'en fallait à un moineau pour voler d'une branche à l'autre, le bourg fut averti de l'arrivée d'un notable que chacun voulait voir de près. Gêné d'être un objet de curiosité, Hor demeura néanmoins souriant.

Âgé d'une cinquantaine d'années et doté d'un sympathique embonpoint, le maire sommeillait à l'abri d'un auvent.

Son fils lui tapa sur l'épaule.

— Réveille-toi, je t'amène quelqu'un d'important !

L'édile sursauta.

— Qu'est-ce que c'est... Tu ne vois pas que je suis en train de réfléchir ?

— Je suis Hor, le fils aîné du pharaon, et j'aimerais te parler.

Certain d'avoir mal entendu, le maire se tourna vers le côté.

— J'ai horreur des plaisanteries. Je veux bien oublier celle-là, mon garçon, mais décampe immédiatement !

— Ce n'est pas une plaisanterie.

— Il est venu avec un beau et grand bateau, précisa le rouquin, et il porte un pagne neuf et des bracelets d'or !

Intrigué, le maire se releva et dévisagea son hôte.

À l'évidence, il ne s'agissait ni d'un paysan ni d'un scribe ordinaire.

— Vous ne seriez quand même pas... ce que vous avez dit?

— Bien sûr que si.

— Pardonnez-moi, je ne savais pas... Je... Je ne pouvais pas savoir! Mais qu'est-ce qu'un personnage aussi important que vous vient faire ici?

— Je suis à la recherche d'un magicien très âgé, du nom de Djédi. Il doit habiter dans les parages.

Le rouquin détala.

— De quoi a-t-il peur? demanda Hor.

— Oh! mais... de rien! Il court rejoindre ses camarades de jeu. Ce gamin est insupportable, il ne m'obéit jamais. De nos jours, l'éducation des jeunes est un vrai cauchemar. Il suffit de leur dire « blanc » pour qu'ils répondent « noir »! Avez-vous des enfants?

— Nous évoquions Djédi.

Le maire se renfrogna.

— Ce nom m'est inconnu, tout à fait inconnu. Quelle chaleur! J'ai de la bière au frais, souhaitez-vous la goûter?

— Je dois retrouver ce magicien au plus vite. Peut-être l'un de tes administrés pourrait-il me renseigner.

— Ça m'étonnerait beaucoup!

— Je vais les interroger.

— Prince, vous perdez votre temps! À la Butte aux cailles, nous avons un excellent magicien qui fabrique des amulettes bon marché, et nous en sommes très contents. Notre village est paisible, sans histoires, il paie ponctuellement ses taxes, il...

— Je n'en doute pas, mais je vais quand même interroger les habitants. Continue donc à réfléchir.

Patient, Hor alla de maison en maison.

Bien reçu, il ne recueillit pas la moindre information. Personne ne connaissait Djédi.

Invité à dîner chez le maire qui avait mis les petits plats dans les grands, le fils du roi tenta de faire bonne figure.

— Je vous avais prévenu, prince. Mes administrés sont des gens tranquilles, ils ne songent qu'à vivre en paix sous la protection du pharaon.

— Djédi les aurait-il importunés, jadis ?

La question prit le maire au dépourvu.

— Non... Bien sûr que non.

— C'est plus que probable, appuya Hor, bien que tout le monde fasse semblant de ne pas le connaître. Supposons qu'il ait troublé la tranquillité de ce village : ne serait-ce pas la raison de ce mutisme ?

— Oh non, prince, pas du tout ! Encore un peu de purée de fèves aux oignons ? C'est la meilleure de la région, paraît-il. Mon cuisinier est inimitable. Désirez-vous dormir ici ? J'ai une chambre confortable et...

— Je préfère retourner sur mon bateau.

La nuit était très claire. Hor contempla le manteau d'étoiles se détachant sur un fond de lapis-lazuli. Pendant que les humains et les animaux se reposaient, le soleil livrait un féroce combat contre les démons des ténèbres. Et sa victoire se manifesterait à l'orient, avec l'aube nouvelle.

Hor, lui, se sentait proche de la défaite.

Il s'étendit sur son lit, sans parvenir à trouver le sommeil.

Soudain, un bruit de pas précipités sur le pont, des cris, la grosse voix du capitaine.

On frappa à sa porte, Hor ouvrit.

Le capitaine tenait le rouquin par les cheveux.

— Prince, j'ai capturé ce petit gredin ! Il était monté à bord avec l'intention de nous voler.

— Non, je vous jure que non ! protesta en gigotant le fils du maire.

— Alors, que voulais-tu ? interrogea Hor.

— Vous parler. Vous parler de ce Djédi sans que mon père le sache. Mais j'exige une récompense !

— Tu es bien jeune pour exiger.

— N'écoutez pas ce menteur, recommanda le capitaine. Il invente n'importe quoi afin d'échapper à une sévère punition.

— Viens dans ma cabine, ordonna le prince au rouquin. Moi, j'exige la vérité. Si tu mens, tu regretteras d'avoir joué la comédie.

Le gamin gardait la tête basse.

— D'après les vieux, Djédi a habité dans notre village. C'était un magicien, le plus grand des magiciens. Il savait déclencher la pluie, soigner les gens et les bêtes, parler avec les oiseaux, apprivoiser les serpents, il...

— Qu'est-il devenu ?

— Des nobles, comme vous, venaient le voir pour l'emmener à Memphis. Il refusait toujours. Comme il en avait assez d'être importuné, il est parti. Il a fait jurer aux villageois de garder le silence sur son compte. Si on le trahissait, sa vengeance serait terrible.

— Toi, tu n'as pas peur ?

— Moi, je suis trop jeune !

— As-tu une idée de l'endroit où il se serait réfugié ?

— Non, mais mon père doit le savoir.

Le rouquin leva doucement les yeux.

— Ma récompense, je peux l'avoir ?

— Je ne dirai rien à ton père, et le capitaine te donnera une paire de sandales neuves.

Hor quitta aussitôt le navire pour se rendre à la maison du maire qu'il réveilla sans ménagement

— Prince ! Que se passe-t-il ?

— Où se terre Djédi ?

— Je l'ignore !

— Il a habité la Butte aux cailles. Toi et les anciens savez où il réside. Que vous ayez peur de ses menaces, je le comprends. Mais vous devriez redouter davantage les miennes.

— Vous... Vous n'oseriez pas faire du mal à mon village !

— Refus d'obéissance au pharaon, mensonges caractérisés, entrave à une enquête vitale pour la bonne marche de l'État... Le tribunal ne sera pas indulgent. Toi et tes complices serez condamnés à la prison à vie.

Le maire sentit son sang se glacer.

— Djédi est mort depuis longtemps, murmurèrent ses lèvres tremblantes.

— En as-tu la preuve ?

— Non, mais il était déjà très âgé quand il a quitté la Butte aux cailles.

— Où est-il allé ?

— Je l'ignore.

— Tant pis pour toi.

— C'est la vérité, je vous jure. Pourtant...

— Je t'écoute.

— Pourtant, son déménagement n'est pas passé inaperçu. Djédi possédait des milliers de papyrus et de tablettes inscrites. Deux hommes l'ont aidé. L'un est décédé, l'autre vit peut-être encore au hameau de la Lionne verte, à quelques heures de marche d'ici.

— Son nom ?

— Le Muet.

3

Muni d'un plan très précis dessiné par le maire et accompagné de deux marins armés de gourdins, Hor s'était engagé sur la piste menant au hameau de la Lionne verte. Il regrettait de plus en plus le palais de Memphis, ses jardins ombragés, son plan d'eau où il nageait des heures durant en compagnie de sa dernière conquête avant de boire une bière fraîche de première qualité.

Poussière, chaleur et sueur remplaçaient ce paradis. Un âne robuste, répondant au nom de Vent du Sud, portait des gourdes, des galettes et des oignons. Oubliés, les repas fins et les grands crus.

Trois heures de marche sous un soleil ardent, et toujours rien.

Pas de hameau, pas même une cabane de paysan.

Juste la lisière des cultures, brutalement interrompues par le désert.

— On ne se serait pas perdus ? s'inquiéta l'un des marins.

Hor consulta son plan.

— Je me suis peut-être trompé. Retournons en arrière.

Le fils aîné du roi n'était pas préparé à ce genre d'expédition dans une nature qu'il ressentait comme hostile. Et les deux marins préféraient de beaucoup parcourir le Nil.

— Là, des constructions !

Trois huttes en roseaux, une basse-cour, un puits en pierres sèches, une grange.

— Il y a quelqu'un ?

De la hutte centrale sortit un échalas maigre et mal rasé.

— Tu es bien le Muet ?

L'échalas hocha la tête affirmativement.

— Je suis Hor, le fils du pharaon Khéops.

Le paysan sourit.

— Ce n'est pas une plaisanterie. Le roi souhaite s'entretenir avec le magicien Djédi. Il m'a confié le soin de le retrouver et de l'amener au palais.

Le sourire disparut.

— Toi, tu as aidé Djédi à déménager. Tu sais donc forcément où il habite.

Avec une vigueur surprenante vu son état, l'échalas hocha négativement la tête.

— Inutile de mentir. Puisque tu ne peux pas parler, dessine dans le sable. Indique-moi immédiatement la cachette de Djédi.

Nouveau refus.

— Alors, tu vas nous y conduire.

Refus persistant.

— Tu me contrains à te faire subir un interrogatoire serré.

Le Muet croisa les bras et soutint le regard du prince, comme s'il le savait incapable d'un acte barbare.

Ce fut le moment que choisit une chatte noire pour griffer le mollet d'un des marins.

Poussant un cri de douleur, il l'attrapa par le cou.

— Ne la bats pas ! ordonna le Muet. Regarde ses yeux verts... Si tu la blesses, ils prendront la couleur du sang. Elle se transformera en lionne et te dévorera.

Prudent, le marin reposa sur le sol le petit félin qui,

avant de rejoindre son maître, griffa l'autre mollet du tortionnaire.

— La Lionne verte... C'est sûrement un tour de magie que t'a appris ton ami Djédi. Au moins, tu es un muet doté de l'usage de la parole !

— Pour un fils royal, tu me parais bien peu instruit. Ignores-tu que la lionne dangereuse du Grand Sud doit être apaisée et transformée en chatte afin que perdurent la paix et la prospérité ?

— Si tu veux servir ton pays, dit Hor, guide-moi jusqu'à Djédi.

— À quoi bon ? Il refusera de te recevoir.

— Djédi est donc bien vivant !

— Un vrai magicien meurt-il un jour ? Djédi est peut-être devenu acacia, bloc de granit ou crocodile ! Même si tu le voyais, tu ne le reconnaîtrais pas.

— Laisse-moi en juger, le Muet.

L'échalas s'assit en scribe.

— Qu'est-ce que la magie ?

— Heka.

— Que signifie ce mot ?

— Le Verbe qui procure de l'énergie.

— À quoi sert-il ?

— À détourner les coups du sort et à demeurer sur le chemin de Maât.

— Quel est l'équipement du magicien ?

— La formulation qui donne vie à toutes choses.

Le Muet laissa passer un long silence.

— Renvoie tes gardes du corps à leur bateau.

Hor hésita. Rester seul ne lui disait rien qui vaille. Mais avait-il vraiment le choix ?

— Partez, ordonna-t-il.

Les deux marins, eux, ne se firent pas prier.

— Pourquoi veux-tu voir Djédi ?

— Pour l'interroger à propos des chambres secrètes de Thot.

— C'est une si vieille tradition... Lui-même l'aura oubliée.

— Et toi, tu ne sais rien ?

— Moi, je ne suis qu'un gardien de porte. Je veille sur celle d'un désert d'où les profanes et les ignorants n'ont aucune chance de revenir. À ta place, je ne m'attarderais pas dans les parages et je regagnerais mes appartements douillets.

Comme chaque Égyptien, Hor redoutait les étendues désertiques, brûlées par un soleil impitoyable et peuplées de créatures dangereuses.

— Je ne suis pas un insensé, déclara-t-il, mais j'ai une mission à remplir. Le pharaon m'accorde sa confiance, j'espère ne pas le décevoir. Djédi est le seul qui puisse m'aider.

— Tu risques d'être cruellement déçu. Mieux vaudrait renoncer.

— Guide-moi, je te prie.

— Sûrement pas ! Je dois m'occuper de ma basse-cour. Va droit vers l'est et ne quitte surtout pas la bonne piste.

— Comment la repérer ?

— Le sable est doré, doux sous le pied. À droite et à gauche, c'est le domaine des scorpions et des serpents. Au moindre écart, tu seras piqué ou mordu.

— Aurai-je une grande distance à parcourir ?

— Que la magie te soit favorable, prince.

Se désintéressant de son sort, le Muet caressa la chatte noire aux yeux verts qui ronronna d'aise.

Vent du Sud accepta d'accompagner le voyageur

téméraire. Hor jugea raisonnable de suivre l'âne qui progressa d'un pas tranquille sur un chemin presque invisible.

À l'horizon, des collines succédaient à des collines. Pas un arbre, pas une plante.

Le Muet ne s'était-il pas débarrassé du curieux en l'envoyant vers l'enfer ?

Le grison continuait à avancer, comme s'il connaissait le but du voyage.

Donc, impossible de retrouver l'itinéraire parcouru et de revenir en arrière. Hor était contraint de se fier au quadrupède qui choisit le moment et l'emplacement d'une halte.

Le vent se leva, effaçant les traces.

Quand la nuit tomba, le prince maudit son imprévoyance. Sans braises et sans aucun moyen d'allumer un feu, le jeune homme serait à la merci des prédateurs qui rôdaient dans les ténèbres.

L'âne s'accroupit et, le museau sur les antérieurs, goûta un repos bien mérité.

Incapable de s'assoupir, Hor guettait le moindre bruit. Il crut reconnaître le ululement des chouettes et le rire sinistre des hyènes. Dans un geste dérisoire, il empoigna du sable et le jeta au loin.

Le jeune homme avait envie de pleurer. Lui, l'héritier du royaume, était perdu en plein désert avec la seule compagnie d'un âne, totalement indifférent à ses tourments ! Quel engrenage fatal l'entraînait à oublier ainsi ses points de repère ? Fallait-il que ce Djédi, vivant ou mort, fût un redoutable sorcier pour l'attirer sur son territoire !

Quand l'aube rosit les collines, Hor était épuisé et frigorifié. L'âne, lui, avait bien dormi. Et lorsqu'il repartit, le jeune homme se trouva obligé d'adopter son allure.

Alors que le soleil approchait du sommet du ciel, le prince crut être victime d'une hallucination. À l'horizon, une luxuriante oasis, plantée de grands palmiers !

Il ferma les yeux un long moment.

Quand il les rouvrit, le mirage était toujours là.

Quant à Vent du Sud, il avait pris une telle avance que le fils aîné de Khéops dut courir afin de le rattraper.

À proximité de l'oasis, un bâton de jet siffla à ses oreilles.

À un pouce près, il était mort.

L'agresseur lui fit face.

— Où vas-tu, l'étranger ?

Le Nubien, à la peau noire et brillante, avait l'air franchement hostile.

— Je cherche Djédi.

— Il n'y a personne de ce nom-là, ici.

— Le Muet m'a affirmé le contraire.

— C'est lui qui t'a servi de guide ?

— Non, c'est Vent du Sud, l'âne qui vient de pénétrer dans l'oasis.

Le Nubien éclata de rire.

— Un homme qui se laisse guider par un âne ne peut pas être tout à fait mauvais ! As-tu soif ?

— Un peu.

— Tu n'as pas d'arme, j'espère ?

— Mes intentions sont pacifiques.

— Tant mieux pour toi.

Hor suivit le Nubien.

L'oasis était un paradis, bien irrigué par plusieurs sources. Les jardins se divisaient en petits carrés où poussaient salades, oignons et quantité d'autres légumes. Des bœufs et des vaches paissaient à l'ombre des palmes, non loin d'un troupeau de moutons occupés à désherber. Tout au long d'une treille pendaient de lourdes grappes de raisin noir.

— Quand on sort vivant du désert, estima le Nubien, il vaut mieux commencer par boire de l'eau.

Le liquide était d'une délicieuse fraîcheur.

— Préviens Djédi de mon arrivée.

— Djédi ne reçoit personne. Tu vas reprendre des forces, manger, passer une bonne nuit et repartir.

— Le pharaon Khéops doit consulter Djédi. C'est important, très important.

— Il n'y a rien de plus important que la tranquillité de mon maître. Les urgences, les soucis et les affaires d'État, ça ne le concerne pas.

— Celle-là, si.

— Tu es bien sûr de toi !

— Dis-lui que le prince Hor, fils aîné du roi d'Égypte, désire lui soumettre une requête.

Le Nubien parut impressionné.

— Tu n'es pas un ambassadeur ordinaire ! Bon, j'accepte de le prévenir. Mais ne sois pas trop optimiste.

Hor s'étendit sur une natte et s'assoupit. Il touchait au but, sans illusions. En réalité, Djédi était si vieux qu'il ne pouvait plus se déplacer et à peine parler. Que devait espérer l'envoyé du monarque, sinon les bribes du discours incohérent d'un vieillard qui ne comprenait même plus les questions qu'on lui posait ?

Au fond, sa démarche était grotesque. Que ce sénile le reçoive ou non, ce n'était évidemment pas ici qu'il découvrirait le secret des chambres de Thot.

4

On le secouait.

— Réveille-toi, bon sang! s'exclama le Nubien. Si tous les fils de roi ont le sommeil aussi lourd, la cour de Memphis doit être un véritable dortoir.

— Je dois m'en aller?

— Djédi t'invite à déjeuner. J'espère que tu as faim, car il n'apprécie pas les chichiteux.

Au centre de l'oasis, une somptueuse villa environnée d'hibiscus.

Sur les tables basses composant la salle à manger en plein air, à l'abri d'une pergola, une centaine de cruches de bière, cinq cents pains, une vingtaine de côtes de bœuf grillées, des poireaux au cumin, des lentilles à l'ail et une belle variété de gâteaux.

— Combien y a-t-il de convives? demanda Hor.

— Deux, toi et lui.

Apparut un colosse aux cheveux blancs qui dépassait le prince de trois bonnes têtes. En largeur auraient tenu plusieurs fils royaux de corpulence honnête.

Le front vaste, le nez fin, les lèvres charnues et le menton volontaire, l'imposant personnage éclatait de santé.

— Alors, c'est toi, le messager de Khéops?

— Je suis son fils aîné, Hor.

— Assieds-toi et mange.

— Puis-je vous demander... votre âge?

— Certains m'attribuent cent dix ans, l'âge des sages, mais c'est inexact. La vérité est cent neuf. Aussi n'ai-je pas encore pris une retraite définitive. La clé de cette longévité, c'est un bon appétit et le choix des meilleurs produits. Ici, nous sommes gâtés. Alors, régale-toi.

Prenant conscience qu'il mourait de faim, Hor ne se fit pas davantage prier.

— À la bonne heure ! Gringalet comme tu es, tu as besoin d'être mieux nourri. On t'affame, à la Cour ? Beaux discours et belles manières, mais ventre creux !

Cent neuf ans… C'était presque impossible mais, quel que fût son âge réel, Djédi possédait un exceptionnel tonus. Et le prince ne parvint pas à rivaliser avec son hôte qui prenait un plaisir évident à déguster les mets.

— Si tu grignotes, mon garçon, tu n'iras pas loin. Ma bière ne te convient pas ?

— Je n'en ai jamais bu de meilleure, mais je souhaite garder les idées claires.

— Parce que tu as des idées ! Donne-moi un exemple.

— Le pharaon désire vous voir.

— Ce n'est pas le premier et ce ne sera pas le dernier. Moi, je ne veux voir personne, à l'exception des braves paysans qui entretiennent cette oasis. Puisque tu es ici, je constate que les habitants de la Butte aux cailles n'ont pas su tenir leur langue.

— J'ai forcé le maire à me mettre sur la piste du Muet.

— Te serais-tu montré violent ?

— Je me suis contenté de l'effrayer.

Djédi tapa du poing sur la table.

— Toi, effrayer quelqu'un ! Tu es drôle, mon garçon, et j'apprécie les plaisantins. Pourquoi le Muet t'a-t-il laissé passer ?

— Sans doute à cause de mon âne. Lui savait où il allait.

Les éclats de rire du colosse firent trembler les hibiscus.

— Tu me plais bien, Hor ! Et tu as forcément donné des réponses correctes au Muet dont tu ne te vantes pas.

D'habitude, les diplomates sont prétentieux, compassés, ennuyeux et stupides. Ils se complaisent dans leurs formules alambiquées et profèrent tellement de mensonges qu'ils ne savent même plus ce qu'ils pensent. Toi, tu as l'air sincère.

— Je désire réussir ma mission.

— En quoi consiste-t-elle exactement ?

— Je vous le confirme : vous amener auprès de mon père, le pharaon Khéops.

— Pas question, je ne bouge plus d'ici ! Que me veut-il donc, ton auguste père ?

— Vous questionner à propos des chambres secrètes de Thot.

Djédi cessa de boire et de manger.

— Qui lui en a parlé ?

— L'archiviste en chef et les ritualistes de Memphis.

— Le roi n'a donc pas besoin de moi.

— Si, car il ne dispose d'aucun détail ! Combien y a-t-il de chambres, comment sont-elles disposées, à quoi servent-elles ?

— Le mystère reste le mystère. Ce qui s'y cache ne doit pas en sortir.

— Je suis allé à Hermopolis, la cité de Thot, et je n'ai rien trouvé.

— Tu ne me surprends pas.

— La connaissance de ces chambres est indispensable au pharaon, précisa Hor.

— Qu'en ferait-il ?

— Elles seraient le modèle du dispositif interne de la grande pyramide qu'il compte édifier sur le plateau de Guizeh.

Djédi vida une nouvelle coupe.

— Une pyramide... Excellente idée. La tradition doit être maintenue et l'œuvre de Snéfrou servir de modèle.

— Cette pyramide sera la plus grande jamais construite. Or, sans la présence des chambres de Thot, elle ne verra pas le jour. Telle est la conviction de Sa Majesté.

Le colosse prit un temps de réflexion, les yeux fermés, comme s'il recueillait un élément vital dans l'invisible.

— Khéops a raison, conclut-il. C'est en effet la seule architecture intérieure qui permettra à un tel monument d'abriter son *ka*, son énergie immortelle, et de le faire rayonner.

— Alors, vous acceptez de l'aider ?

— À mon âge, on ne recherche que la quiétude. Et c'est l'heure de la sieste.

— Pourrais-je voir votre bibliothèque ?

— As-tu suivi des études sérieuses ?

— J'ai recopié les grands textes classiques, j'ai...

— Rédige donc les premières Maximes de Ptah-Hotep sur cette tablette. L'écriture d'un être en dit plus long sur son âme que de beaux discours.

Se reprochant d'avoir trop bu, le prince eut cependant la main ferme et la mémoire alerte.

Calé dans un monumental fauteuil, les mains sur le ventre, Djédi jeta un œil à l'exercice.

— J'ai vu meilleur, mais également pire. Puisque tu ne sembles pas complètement ignare, je t'autorise à découvrir mon trésor.

Une bonne moitié de la vaste demeure du magicien était une bibliothèque dont la richesse stupéfia le prince. En lisant les titres des livres réunis dans ce sanctuaire des hiéroglyphes, il constata que Djédi avait rassemblé un savoir d'une ampleur inouïe. Astronomie, astrologie, magie, alchimie, médecine, géométrie, architecture... Rien ne lui échappait.

— Je passerais bien le reste de mon existence à déchiffrer ces merveilles ! s'exclama Hor.

— À ta guise, mon garçon, mais je ne suis pas certain que cette démarche plaira à ton père. Moi, je vais dormir. La sieste, elle aussi, se révèle indispensable à la santé.

Pendant que le colosse se retirait, Hor consultait avec précaution quelques papyrus uniques.

Ne voyant pas les heures s'écouler, il ne cessa de lire qu'au moment où l'obscurité envahit la bibliothèque.

— Le dîner est prêt, annonça le Nubien.

Ce repas-là était un peu plus léger, mais relevé d'un vin rouge qui ne manquait pas de corps.

— Des résultats ? demanda Djédi.

— J'ai parcouru le grand livre de Thot, celui qui a été découvert sous une pierre tombée du ciel, à Hermopolis, mais il ne mentionne aucune chambre secrète.

— Peut-être as-tu manqué d'attention. Lis et relis.

Djédi appela le Nubien.

— Une autre clé de la parfaite santé, expliqua Djédi, c'est un massage quotidien. Et j'ai ici un expert.

Le colosse s'allongea sur le ventre. Le Nubien l'enduisit d'une pommade qui assouplissait les chairs, effaçait les contractures et facilitait la circulation de l'énergie dans les canaux lymphatiques. Puis il massa les mains, les pieds, les mollets, le dos et la nuque du magicien avec des gestes tantôt amples, tantôt précis.

— Êtes-vous le seul à connaître les chambres secrètes de Thot ? interrogea Hor.

— D'abord, je n'ai jamais prétendu que je les connaissais ; ensuite, je déplore le nombre d'amateurs et de vantards. Mais l'humanité est ainsi faite : elle parle beaucoup et agit peu.

— Vous savez bien que la pyramide royale ne sera pas

érigée sans votre aide et que cette construction est vitale pour notre pays.

— Sur ce dernier point, tu ne te trompes pas. Mais je n'ai plus envie de voyager et de me rappeler ce qu'il vaut mieux oublier.

— S'il faut braver des dangers, je suis prêt !

Djédi sourit.

— Pour un prince royal, tu es plutôt sympathique. Mais tu devras apprendre à ne te pas t'engager à la légère. Encore une autre clé pour la santé : une longue nuit de sommeil.

— Puis-je retourner à la bibliothèque ?

— Elle t'est ouverte.

Des mèches utilisées par le magicien dans ses lampes à huile ne se dégageait aucune fumée. Grâce à une excellente lumière, Hor lut un maximum de papyrus consacrés à l'œuvre de Thot et à l'enseignement qu'il avait dispensé aux sages.

Pas une seule mention des chambres secrètes.

Au petit matin, découragé, le prince sortit de la bibliothèque. L'oasis était paisible, hors du temps. Quelle tentation de s'arrêter là, de devenir paysan, de faire pousser des légumes et d'oublier le monde extérieur ! Mais le pharaon lui avait confié une mission, et il ne se comporterait pas comme un fuyard.

— Si tu veux te rincer la bouche, te laver et prendre un petit déjeuner, il vaudrait mieux te dépêcher, l'avertit le Nubien.

— Pour quelle raison ?

— Parce que Djédi est prêt à partir.

5

Vent du Sud, chargé de gourdes et de fourrage, marchait devant. Mais il ne suivait pas le même chemin qu'à l'aller.

— Ne se trompe-t-il pas ? suggéra Hor, inquiet.

— Il prend un raccourci, répondit Djédi.

— Mais. Les scorpions et les serpents !

— Depuis le temps que je les fréquente, je ne les crains plus

— Moi, en revanche...

— Un bon magicien devrait pouvoir te sauver, sauf si tu es victime de la vipère à cornes ou du cobra noir quand il dispose d'un maximum de venin.

— La piste que j'ai empruntée à l'aller ne serait-elle pas préférable ?

— À ton âge, mon garçon, il ne faut pas devenir esclave des habitudes.

Les yeux rivés sur le sable, Hor tentait de discerner la moindre présence suspecte. Par bonheur, le pas puissant du colosse provoquait de telles vibrations que le reptile le plus teigneux déguerpissait, terrassé par une violente migraine !

Au hameau de la Lionne verte, le Muet avait préparé un déjeuner pour une dizaine de convives. Djédi lui donna l'accolade, au risque de lui briser les os.

— Vous aviez prévu que le magicien accepterait de m'accompagner ? s'étonna le prince.

— Djédi a un grand cœur, et il ne supporte pas les victoires d'*Isefet*.

Isefet, l'opposé de Maât, symbole de la rectitude, de la vérité de la justice et de l'harmonie. *Isefet*, un mot neutre, une force de pourrissement et de destruction qui n'appartenait pas au monde des divinités et n'avait aucune représentation figurée. *Isefet*, la tendance naturelle de l'être humain à commettre le mal.

— Si je comprends bien, avança Hor, ne pas révéler au pharaon l'emplacement des chambres secrètes de Thot serait une faute grave, relevant du domaine d'*Isefet* auquel Djédi refuse de se soumettre.

— Quelque chose dans ce genre-là, murmura le Muet, pendant que le magicien se régalait de galettes chaudes fourrées aux fèves. De plus, il aime les défis. Et celui-là...

— Au lieu d'écouter des stupidités, intervint Djédi, viens donc manger. Quand on voyage, il faut de la nourriture qui tienne au corps.

Le colosse ne rogna pas sur sa sieste. Impatient, Hor faisait les cent pas, sous la surveillance de la chatte aux yeux verts.

Enfin, le moment du départ !

— Allons jusqu'au fleuve, proposa le prince. Mon bateau nous emmènera jusqu'à Memphis.

L'âne choisit un nouveau raccourci à travers les cultures. Dans cette campagne verdoyante, Hor se sentait plus à l'aise que dans le désert.

Quand ils s'approchèrent d'un groupe de cultivateurs, ceux-ci les regardèrent avec des yeux ébahis. Puis, abandonnant leurs outils, ils s'enfuirent à toutes jambes.

— Vous semez la terreur, constata Hor.

— Je ne crois pas, rétorqua le colosse.

— Ce n'est tout de même pas moi qui effraie les paysans !

— Toi, non. Mais celui qui te suit, oui. Et pas seulement les paysans, tu verras.

Un rugissement alerta le prince. Le son était si grave, si profond, si impérieux... Non, impossible !

Hor se retourna.

Un lion.

C'était bien un lion, énorme, dont la crinière semblait émettre des reflets verts.

— Le fidèle mari de la lionne verte, expliqua Djédi. Je ne suis jamais parti en voyage sans lui. Il est susceptible, ombrageux et n'obéit qu'à moi. Si tu ne le vexes pas, tu n'as rien à craindre.

Jusqu'au fleuve, le même spectacle se répéta : dès qu'un paysan apercevait le fauve, il détalait. Toute la région saurait bientôt qu'un monstre venu du désert menaçait la population. Au fils aîné de Khéops de la rassurer en envoyant un héraut dans chaque village.

Décidément, Djédi ne lui facilitait pas la tâche.

— Voici le prince, annonça le marin qui réparait la voile au sommet du mât principal. Mais... Il n'est pas seul ! Il est accompagné d'un âne, d'un géant et... d'un lion qui va les dévorer !

Le capitaine haussa les épaules.

— Il n'y a pas de lion dans nos campagnes. Deux jours d'arrêts de rigueur pour ivrognerie.

— C'est vraiment un lion, capitaine, un énorme fauve !

Aux cris de panique des autres membres de l'équipage, le capitaine dut admettre qu'un danger menaçait.

— Ôtez la passerelle, ordonna-t-il.

— Vous n'avez rien à craindre, clama Hor.

— Derrière vous, le lion !

— Il est domestiqué et obéit à son maître, le magicien Djédi. Si ce fauve était sauvage, il nous aurait dévorés, l'âne et moi.

L'argument porta.

On remit la passerelle en place.

Quand le lion l'emprunta en grognant, l'équipage fut tout de même tétanisé.

Une caresse du sculptural Djédi calma l'animal qui s'installa à l'ombre de la cabine centrale.

Le magicien pointa l'index vers un barbu, debout près du gouvernail.

— Toi, tu es un homme mauvais.

— Lui ? s'indigna le capitaine. Voilà plus de quinze ans que nous naviguons ensemble !

— Voilà trop longtemps qu'il est ton subordonné. Il ne le supporte plus. Cette fois, il a décidé de saboter le gouvernail et de transformer ce voyage en catastrophe. Tu seras humilié et licencié, capitaine.

L'officier s'approcha de son collègue.

— C'est faux, n'est-ce pas ?

Le marin se collait au gouvernail.

— Écarte-toi.

— Pas question !

Djédi prit le barbu par l'épaule, le souleva comme s'il ne pesait pas davantage qu'un sac vide et le jeta dans le fleuve.

L'examen du capitaine le consterna : le gouvernail avait bien été saboté !

— Il nous faut un spécialiste capable de fabriquer une pièce de rechange, constata le capitaine.

— Inutile, je m'en occupe. Repêchez ce malfaisant et ligotez-le. J'espère que le tribunal ne sera pas indulgent.

Nous partirons dans deux heures, quand la réparation sera effectuée et lorsque le courant se renforcera.

— Pour le reste de mon équipage...

— Deux crétins, un paresseux et un incapable. Les autres sont dans la moyenne. Notre voyage sera paisible.

Le capitaine suivit les consignes du magicien et s'en porta bien.

— Désirez-vous vous installer dans ma cabine ? proposa Hor.

— Heureuse idée, mon garçon.

Le colosse fit gémir le lit et s'endormit aussitôt. Le lion vert se coucha en travers de la porte, interdisant à quiconque de troubler le repos de son maître.

Médiocrement rassurés, les rameurs tournaient souvent la tête vers le fauve.

— Êtes-vous certain que nous ne courons aucun danger ? demanda le capitaine au fils aîné de Khéops.

— Pas du tout. Djédi est imprévisible, et je crains que cet animal ne lui ressemble. L'essentiel, paraît-il, est de ne pas le vexer.

Ce fut dans une atmosphère plutôt pesante que le bateau vogua vers la capitale.

Pressés d'arriver, les rameurs soutinrent une cadence rapide.

6

Au moment de l'accostage, le lion bâilla et s'étira, puis gratta à la porte de la cabine avec ses griffes.

En sortit un Djédi au visage reposé qui jeta aussitôt un œil sur le quai.

— Qu'on m'amène une chaise à porteurs, exigea-t-il Je déteste marcher dans les rues d'une ville.

Sentant que le magicien ne plaisantait pas, Hor interpella un militaire en faction et lui ordonna d'alerter son supérieur pour que le nécessaire soit fait au plus vite.

Accoudé au bastingage, le magicien paraissait dépité.

— Plus les villes grandiront, prédit-il, plus l'humanité sera malheureuse. Les gens s'y entasseront les uns sur les autres, ils oublieront le message de la nature, avec ses bontés et ses cruautés, et ils se composeront un monde artificiel où seule comptera la compétition. Toujours plus de quais, de bateaux, de maisons, de badauds, d'insatisfaits, de révoltés... Parfois, je suis content d'être âgé et proche de la mort.

Six costauds déposèrent au pied de la passerelle une magnifique chaise à porteurs en bois d'ébène doré.

Djédi s'y installa.

Les costauds furent incapables de le soulever.

— Mettez-vous à dix, recommanda-t-il. Naguère, ce n'étaient pas des avortons que l'on chargeait de ce genre de travail.

Tout Memphis fut bientôt averti que le meilleur magicien du pays, âgé de cent dix ans et accompagné d'un lion vert, se dirigeait vers le palais royal.

Chacun voulut le voir passer, et même les commerçants abandonnèrent leurs échoppes afin de ne pas rater le spectacle. Bientôt, un long cortège suivit la chaise à porteurs qui traversa le quartier des temples pour atteindre la résidence du pharaon.

Épuisés, les porteurs déposèrent leur lourd fardeau devant l'entrée principale que gardaient des soldats armés de lances.

— Je vais prévenir moi-même mon père de votre arrivée.

— Il est déjà au courant.

De fait, un chambellan accourut et se prosterna devant le colosse.

— Sa Majesté recevra le grand magicien Djédi dans sa salle d'audience.

— Toi, tu mens comme tu respires et tu finiras par t'étouffer. Ne réapparais plus devant moi, ou bien je te donne à mon lion.

Blême, le chambellan s'éclipsa.

— Il y en beaucoup de ce genre-là, au palais ?

— Quelques-uns, reconnut Hor.

— Que le pharaon soit accablé de travail, je l'admets. Mais toi, au lieu de courir les filles, ne pourrais-tu entreprendre un nettoyage salutaire ? Un cloporte visible, cent de cachés. Et ils se reproduisent vite.

— J'y songerai, promit le prince. Je vous précède.

Djédi apprécia l'austérité du palais. Une géométrie maîtrisée, des espaces lumineux, aucune fioriture.

Deux scribes ouvrirent la porte de la salle d'audience.

Le colosse s'inclina devant le roi, assis sur un siège en pierre dont les pieds avaient la forme de pattes de taureau.

— Je vénère le pharaon, le grand temple où prennent place les puissances créatrices, le garant de Maât et le bon berger de son peuple.

Khéops arborait un visage rude et sévère. Pendant un long moment, il jaugea son hôte.

— Ta réputation est exécrable, Djédi.

— Et méritée, Majesté.

— Pourquoi avoir toujours refusé de travailler au palais ?

— Parce qu'il est rempli de jaloux, d'inutiles et de corrompus. Non content de les détester, j'aurais une fâcheuse tendance à les éliminer. Aussi est-il préférable que je vive dans la solitude.

— Tes pouvoirs magiques sont-ils aussi étendus que la rumeur le prétend ?

— Éprouvez-moi.

— Hor, amène-nous le condamné à mort que des policiers retiennent dans l'antichambre.

L'homme était un Syrien, coupable d'assassinat. Reconnaissant les faits, il ne manifestait aucun regret.

— On va couper la tête de ce criminel, annonça le monarque, et tu la replaceras sur son cou afin qu'il revive.

— Cette expérience ne saurait être pratiquée sur un humain, objecta Djédi, car il appartient au troupeau de Dieu. Que la justice suive son cours et le punisse pour sa faute. Aucune magie ne doit s'en mêler.

— Serais-tu aussi réticent envers une oie ?

— Contrairement aux humains, nul animal ne trahit la fonction que Dieu lui a confiée. La magie permet de communiquer avec tous les animaux, fussent-ils dangereux. C'est pourquoi je peux les secourir.

Un serviteur apporta le corps d'une oie et sa tête tranchée.

Djédi invoqua le dieu Amon, « le caché », dont le volatile était l'incarnation, puis il magnétisa longuement les yeux morts de la victime.

— Que ce qui était épars soit réuni, exigea-t-il en recollant le cou au reste du corps. Puis il imposa les mains jusqu'à ce que le sang circule de nouveau.

Sidéré, Hor vit l'oie animée de soubresauts de plus en plus intenses. Elle lança un regard de reproche au roi,

avant d'émettre une série de caquètements peu proto-
colaires et de partir vers la fenêtre donnant sur un jardin
en se balançant d'une patte sur l'autre.

— Ce qui était caché a été dévoilé, conclut le magicien.

— La taille et le poids peuvent contrarier ton art,
estima Khéops. Seras-tu aussi efficace avec un taureau ?

Djédi ne protesta pas.

Choqué, Hor vit six bouchers pénétrer dans la salle
d'audience. Quatre portaient la dépouille d'un quadrupède, deux autres sa lourde tête.

De nouveau, Djédi utilisa son magnétisme pour entrer
en contact avec l'esprit de la bête et cautériser les chairs.
Cette fois, il invoqua le *ka*, la puissance créatrice trans-
mise de pharaon en pharaon, dont le taureau était le
représentant animal.

— Puisse le *ka* ne pas **nous** manquer, pria-t-il. Qu'il
soit présent dans notre pensée comme dans nos actes.

Djédi posa la lourde tête sur le cou massif.

Ils s'assemblèrent à la perfection, mais les yeux du taureau demeurèrent inertes. Hor craignit que le magicien
n'eût échoué.

Le colosse utilisa une amulette en forme de sceptre
ouas, « la vigueur », et la passa longuement sur le mufle,
les paupières et les oreilles de l'animal.

Et la vie revint.

D'abord, le taureau tira la langue et se lécha. Puis, tel
un nouveau-né malhabile, il se mit debout en tremblant.

Djédi le gratifia d'une caresse avant que les bouchers
ne l'entraînent au-dehors.

— Tu es bien le plus grand magicien d'Égypte,
reconnut le roi. Ta science est immense, tu dois donc
pouvoir m'aider.

— Je crains que non, Majesté.

— Mon fils t'a-t-il expliqué la raison pour laquelle je désirais te voir ?

— Le prince Hor ne m'a rien caché, semble-t-il.

— Connais-tu l'emplacement et le nombre des chambres secrètes de Thot ?

— Je l'ignore et je ne l'ignore pas.

— Sois plus explicite !

— Afin de percer les mystères de la magie, l'adepte doit suivre les chemins de Thot et recueillir son enseignement. C'est ainsi que j'ai été formé. J'ai donc traversé les espaces du dieu, mais ils ne sont pas restés gravés dans ma mémoire, conformément aux exigences de mon maître. Je ne les connais donc que dans mon cœur et dans ma pratique, non de manière mentale. Cette science-là ne doit pas être dévoilée.

— Crois-tu que la construction de ma pyramide la galvauderait ? En inscrivant la sagesse de Thot dans la pierre, je ne la trahirai pas, mais la transmettrai pour les siècles des siècles. Les magiciens de demain et d'après-demain auront sous les yeux l'enseignement nécessaire à l'accomplissement de leur tâche. De plus, aucun risque de déformation, car ce seront le granit et le calcaire qui effectueront cette transmission. Contrairement aux humains, la pierre ne bavarde pas, ne ment pas, ne trahit pas. La pierre parle le Verbe qui l'a créée. Si tu souhaites que le secret des chambres de Thot ne soit pas perdu, trace avec moi le plan de ma pyramide.

Djédi ne manifestait aucune émotion, mais le prince sentit que les arguments du monarque ne le laissaient pas indifférent.

— Nommer ces chambres et leur donner une réalité

tangible sont des actes dangereux, Majesté. À mon âge, je n'aspire qu'au repos et à la tranquillité.

— Je comprends enfin pourquoi tu as toujours refusé de devenir le supérieur des magiciens d'Égypte ! Tu savais que le roi te demanderait tôt ou tard de remplir cette périlleuse mission. Aujourd'hui, c'est le cas.

— Suis-je libre de refuser ?

Hor frissonna.

Si puissant fut-il, Djédi ne pouvait s'opposer à la volonté du pharaon.

— Agis selon Maât, recommanda Khéops. Tu connais les enjeux.

Le roi se retira.

— Tu aurais pu être foudroyé ! déclara le prince.

— Si nous allions manger ? Ces expériences m'ont affamé ! J'espère que la cuisine du palais est digne de son architecture.

Dans un salon cossu, un intendant et des serveurs s'affairaient déjà.

Un échanson servit du vin blanc dans des coupes en albâtre.

Djédi empoigna la sienne et en jeta le contenu au visage de l'échanson.

Comme s'il venait d'être brûlé par une flamme, ce dernier poussa un hurlement.

— De l'eau, vite, de l'eau !

— Si tu parles, je te guéris. Qui t'a ordonné de m'empoisonner ?

— Le magicien en chef, Aber !

— Cette crapule sévit encore ! Quand j'aurai fait ma sieste, je m'occuperai de lui.

Djédi posa son énorme main sur le visage du brûlé.

218

Quelques minutes plus tard, il ne restait plus trace des blessures.

— Va prévenir ton patron et recommande-lui de se préparer au combat.

L'échanson décampa.

Un autre, tremblant, lui succéda.

— Qu'est-ce que tu attends, toi ? Sers-nous à boire !

— Auriez-vous fréquenté Aber ? demanda le prince.

— Ça, tu peux le dire ! Un gros travailleur que l'ambition a pourri. Il était prêt à tout pour obtenir une haute fonction et il a oublié que la magie impliquait la rectitude. Décidément, cette Cour est bien mal famée. Comme j'avais raison de m'isoler dans mon oasis et comme j'aurais raison d'y retourner au plus vite !

Djédi goûta les filets de perche du Nil.

— Convenable, comme hors-d'œuvre. Mange, Hor. Sinon, tu dépériras et ne me seras d'aucune utilité.

Ces paroles étant porteuses d'espoir, le prince retrouva un peu d'appétit. Djédi, lui, n'avait pas perdu le sien.

Il attaquait son troisième dessert, une sorte d'île flottante, lorsqu'un personnage dodu, aux cheveux très noirs plaqués sur son crâne rond, fit irruption dans le salon.

— Je ne suis pas ravi de te revoir, Djédi !

— Ah non, pas toi ! Tu vas me gâcher la digestion, Aber. Surtout, ne t'assieds pas. Tu n'es pas notre invité.

— Ne t'attarde pas une minute de plus dans ce palais. Ici, c'est moi qui suis chargé de la magie d'État. Le roi est satisfait de mon travail. N'espère surtout pas prendre ma place.

Le colosse vida une coupe de vin de fête, titrant une quinzaine de degrés, afin de se pacifier le foie d'où provenait le type d'énergie qu'il comptait utiliser.

— Tu as toujours été un goujat et un malpoli, Aber. J'ai horreur de me battre avant ma sieste, mais tu ne me laisses pas le choix.

Hor crut que les deux hommes allaient se jeter l'un sur l'autre. Au contraire, ils s'écartèrent au maximum.

Aber tendit les bras. De la paume de ses mains dirigées vers le géant jaillit un éclair qui frappa Djédi en pleine poitrine. Comme s'il s'était taché, le colosse s'essuya avec une serviette blanche.

— Toujours aussi tordu, mon pauvre Aber. Rien de plus efficace dans ton arsenal ?

Le potelé s'empara d'un coussin, le transforma en poignard et le lança.

Dans la main de Djédi, il se réduisit à un morceau de tissu déchiré.

— Tu confonds la magie avec la fantasmagorie ! Si tu en es capable, rentre dans le mur et disparais.

Aber tenta de s'enfuir, mais un étau enserra ses jambes et le bloqua sur place.

Ce fut au tour de Djédi de tendre les bras.

De la paume de ses mains, Hor vit sortir de l'énergie sous forme de lignes brisées de couleur bleue qui touchèrent les reins d'Aber et le renversèrent.

En tombant sur le nez, le vaincu poussa le cri d'un cochon qu'on égorge.

— Débarrasse-nous de cet incompétent, demanda Djédi au prince. Aussi longtemps qu'il hantera le palais, je ne donnerai pas ma réponse au pharaon.

7

La venue de Djédi aurait au moins une conséquence heureuse : la remise en ordre d'une administration qui prenait un peu trop ses aises. Délaissant les mondanités, Hor s'était occupé de lui signifier clairement ses devoirs. Avec Aber, toute une clique de parasites avait disparu.

Aux yeux des courtisans, le fils aîné du roi n'apparaissait plus comme un aimable courtisan, mais comme un gestionnaire scrupuleux qu'il ne serait pas facile d'abuser.

Alors qu'il terminait la rédaction d'un décret concernant l'irrigation, une jeune femme se glissa dans son bureau.

— J'avais interdit qu'on me dérange !

— Même moi ?

— Même toi.

Céleste ne ressemblait pas aux conquêtes du prince. D'abord, elle n'était pas sa maîtresse ; ensuite, elle n'en faisait qu'à sa tête et ne se privait pas de le critiquer.

— Aurais-tu pris goût au travail ?

— Des urgences.

— Le prince Hor, conscient de ses hautes responsabilités ! Ton ami magicien accomplit des miracles.

— Je n'ai pas eu besoin de Djédi pour comprendre la nécessité de certaines réformes.

— Avec un tel comportement, tu ne seras plus sujet à plaisanteries. À voir ta tête, il est évident que tu as beaucoup changé. Aimerais-tu néanmoins dîner avec moi ?

— Désolé, je suis trop occupé.

— Dommage... Je te réservais une surprise.

Céleste était jolie. Très jolie. Elle jouait d'une élégance innée et séduisait avec un parfait naturel auquel personne ne résistait.

Pourtant, on ne lui connaissait aucun amant.

— Accorde-moi un délai de grâce : demain soir.

— Le moment est juste ou bien il ne l'est pas. Adieu, prince.

Hor faillit se lever pour l'empêcher de partir, mais c'eût été faillir à sa dignité.

Céleste possédait toutes les qualités requises pour entrer dans la famille royale, et c'était la première fois que le fils aîné de Khéops songeait au mariage. Mais ne devait-il pas d'abord faire ses preuves d'homme d'État ?

Ce fut au tour de Djédi de l'interrompre dans son travail.

— Emmène-moi chez le roi.

— Ne peux-tu patienter jusqu'à demain ?

— Je peux aussi repartir tout de suite.

Hor abandonna le décret.

D'une des fenêtres du palais, il aperçut une procession qui se dirigeait vers le temple d'Hathor.

Derrière le maître des cérémonies, Céleste.

— Elle, initiée aux mystères de la déesse ! Qui l'aurait imaginé ?

— Es-tu certain de bien connaître les femmes ? demanda Djédi, amusé.

— Elle vient de m'inviter à dîner, et la voilà qui est admise dans un temple ! Aucune autre ne s'est moquée de moi à ce point.

— Elle te conviait au banquet marquant la fin du rituel, une marque de confiance que tu viens bêtement de refuser en ne songeant qu'à la gaudriole. Tu as encore beaucoup à apprendre.

Irrité, Hor marcha rapidement jusqu'aux appartements du monarque, suivi de Djédi.

Le pharaon ne fit pas attendre le magicien.

— As-tu pris ta décision ?

— Depuis l'expulsion d'Aber et d'un certain nombre de parasites, de meilleures ondes circulent dans ce palais où votre fils, malgré son inexpérience, fait du bon travail. Auparavant, je redoutais les oreilles indiscrètes. Maintenant, nous pouvons parler. Êtes-vous certain de vouloir percer le mystère des chambres de Thot ?

— N'admets-tu pas toi-même qu'elles fourniront le plan de ma pyramide ?

— Ne serait-il pas préférable de modifier votre projet ?

— J'ai eu la vision de cette pyramide. Y renoncer serait priver l'Égypte d'un émetteur de lumière dont elle a besoin.

— J'espérais et je craignais ces paroles. Depuis que le roi Djéser a bâti sa pyramide à degrés, ses successeurs ont développé cette tradition. Chaque monarque l'a incarnée selon son génie propre, en fonction de l'harmonie du moment et du plan d'œuvre fixé par les dieux. Je me doutais bien qu'un jour ou l'autre, un roi voudrait s'inspirer de l'architecture des chambres de Thot. Voilà la véritable raison pour laquelle je me tenais éloigné de la Cour. Tout magicien que je sois, les aventures ne m'attirent pas, surtout celle-là. Même les meilleurs ont échoué.

— Le danger ne m'effraie pas.

— Ce n'est pas vous qui l'affronterez, Majesté. En cas

d'échec, le pays ne doit pas être emporté dans la tourmente. Seule votre présence l'évitera.

— En cas de conflit, Pharaon marche à la tête de ses troupes.

— Il ne s'agit pas d'une guerre ordinaire ! Si les anciens voyants ont dissimulé les chambres de Thot, c'est parce qu'ils redoutaient la profanation de leur message et sa mauvaise utilisation. L'édification de la pyramide qui les abritera me rassure, car elles resteront cachées tout en étant visibles. Même si la barbarie envahit l'Égypte, même si des pillards souillent ces chambres, ils ne les dénatureront pas. Quelles que soient les circonstances, elles continueront à émettre, jusqu'au moment où le fanatisme et la bêtise les détruiront, du moins sur cette terre. Car leur modèle céleste, lui, restera hors de portée des humains.

— Tu acceptes donc de m'aider ?

— Je ne vous garantis pas le succès.

— Où se trouvent les chambres secrètes de Thot ?

— Je l'ignore, mais je connais le moyen de le savoir. Les anciens voyants ont enfermé leur science à l'intérieur d'un coffre en silex déposé dans la plus ancienne des villes saintes, Héliopolis, cité du dieu de la lumière et du pilier primordial. Sans doute y est-il encore dissimulé.

— Désires-tu un ordre écrit de ma main qui te donnera libre accès au site ?

— Il me servira à pénétrer dans le temple. Ensuite, je me heurterai à un redoutable gardien, le supérieur des prêtres, celui qu'on appelle le Grand Voyant.

— Pourquoi refuserait-il de te remettre ce coffre ?

— Parce qu'il a juré de l'oublier. Et la parole donnée ne se reprend pas.

— Alors, il te faudra le convaincre !

— Inutile d'essayer, Majesté. Je devrai déjouer certains pièges et mettre moi-même la main sur ce trésor.

— Quelles sont tes chances ?

— Bien faibles ! Ensuite, à supposer que je parvienne à ouvrir le coffre et à déchiffrer les indications fournies par les documents qu'il contient, d'autres difficultés se présenteront.

— Quelle aide puis-je te procurer ?

— Des démons mâles et femelles m'attaqueront pour m'empêcher de parcourir les chambres. J'aurai donc besoin d'un jeune homme et d'une jeune femme qui n'hésiteront pas à risquer leur vie.

— Je suis volontaire, déclara Hor.

— Tu es le fils aîné du roi !

— Précisément. Nul autre que moi ne saurait être désigné pour participer à la réalisation d'une œuvre royale. C'est la pyramide de mon père qui est en cause, et nulle autre existence que la mienne ne doit être mise en péril.

Le pharaon approuva.

— Reste pourtant à trouver ta compagne, rappela Djédi, et sans lui mentir sur le danger qu'elle courra.

— N'ai-je pas été invité à un banquet exceptionnel ?

*

Céleste était toujours aussi jolie, mais beaucoup plus grave. Les rites qu'elle venait de vivre à l'intérieur du temple d'Hathor lui avaient dévoilé des réalités qu'elle ne soupçonnait pas. Malgré les exigences de sa nouvelle condition de prêtresse, elle éprouvait un grand bonheur. Loin de la niaiserie de ses ex-amies, uniquement préoccupées de leur maquillage et de leur succès auprès des garçons, elle approfondirait sa connaissance des mystères.

Un hôte de marque honorait le banquet rassemblant les serviteurs de la déesse : le fils aîné du pharaon.

Au terme des festivités, Hor s'approcha de Céleste.

— Tu es radieuse.

— Ainsi, tu as pu te libérer !

— Ta surprise est très réussie. J'en ai une autre à te proposer.

La jeune fille devint méfiante.

— J'aurai un travail intense, dans ce temple. Et c'est à lui que je compte me consacrer.

— Et si je t'offrais une mission plus périlleuse ?

Céleste sourit.

— J'avoue que tu piques ma curiosité. Ai-je le droit d'en savoir plus ou dois-je répondre d'instinct ?

— Le magicien Djédi et moi partons à la recherche d'un secret bien défendu. Il nous faut une assistante.

— Quel sera son rôle ?

— Je l'ignore, de même que le mien. Tout ce que je sais, c'est qu'il faudra lutter contre les démons des ténèbres et que nous risquons d'y perdre la vie.

— C'est ennuyeux, déplora Céleste. Et qu'aurions-nous à gagner ?

— La construction de la grande pyramide de Khéops

Elle posa l'index sur ses lèvres et réfléchit longuement.

— Vu le flou de cette tâche et l'inexistence des garanties, je te crois sincère. C'est pourquoi j'accepte.

★

Dès le lendemain matin, Hor présenta Céleste à Djédi.

En l'apercevant, le lion vert, couché devant la porte de la chambre du magicien, ne rugit pas. Sans crainte, la jeune femme le caressa.

Au moment où le prince frappait à la porte, Djédi apparut derrière lui.

— Vous... Vous n'avez pas dormi dans votre chambre ?

— J'ai exploré ce palais pour savoir s'il n'y rôdait pas encore quelques esprits pervers, capables de nous causer des ennuis. Tu sembles avoir correctement nettoyé l'endroit.

Quand les yeux du colosse se posèrent sur Céleste, elle se sentit minuscule. Néanmoins, elle n'eut pas peur. Ce regard-là ne lui voulait aucun mal.

— Le prince t'a-t-il suffisamment mise en garde, jeune fille ?

— Oh, il n'y a rien d'autre à redouter qu'une mort brutale !

— À ton âge, n'est-ce pas effrayant ?

— Je suis un peu terrorisée, mais je tâcherai de ne pas le montrer. Et puis j'ai tellement envie d'affronter l'invisible ! Sans compter ma participation à la naissance d'une pyramide... Tout cela semble plus exaltant que l'existence ennuyeuse d'une coquette et même d'une simple prêtresse d'Hathor.

— Hmmm... Tu es aussi inexpérimentée que le prince, mais ça vaut peut-être mieux. Des cerveaux tortueux échoueraient à coup sûr.

Céleste regarda Djédi avec des yeux critiques.

— Maintenant que j'ai fait semblant de croire à cette histoire, dites-moi la vérité. De quelle expérience magique s'agit-il et quel sera mon rôle ?

— Le prince n'a pas exagéré. Dès que j'aurai pris mon petit déjeuner, nous partirons pour Héliopolis.

8

Céleste avait sans doute tort de s'engager dans cette aventure, mais la personnalité de Djédi la fascinait. Travailler aux côtés du plus grand des magiciens, au sommet de son art, n'était-ce pas une chance inespérée ?

La présence du prince Hor ne représentait pas un obstacle, bien au contraire. Lui seul, parmi ses soupirants, ne l'ennuyait pas. Parfois naïf et frivole, il avait bien changé au contact du colosse. Peu à peu, Hor se transformait en homme responsable. Et surtout, à la différence de la plupart des êtres, il ne reculait pas devant la première difficulté rencontrée sur le chemin.

À lui seul, le lion vert remplaçait une escorte nombreuse. Personne n'osait importuner le trio, et la surprise des gens qu'il croisait était telle que leur voyage entrerait certainement dans la légende.

— Ne manquons-nous pas de discrétion ? s'inquiéta Hor.

— Je t'ai déjà dit que je ne me déplace jamais sans mon lion. De plus, il est bon qu'Héliopolis sache que nous arrivons. Même dans ce lieu saint, source de notre tradition, il y a quelques hypocrites qui doivent commencer à se faire du souci. Ce n'est pas pour me déplaire, car les rongeurs vont sortir de leur trou.

Une trentaine de prêtres au crâne rasé attendaient les visiteurs à l'orée de la voie processionnelle menant au sanctuaire de Râ.

— N'allez pas plus loin ! ordonna un maigrelet à la voix acide. Ici débute un territoire sacré interdit aux profanes.

— En ce cas, comment expliques-tu ta présence ? questionna Djédi.

Ulcéré, le maigrelet prit ses confrères à témoin.

— On ose m'insulter, moi, le géomètre en chef ! Plainte sera déposée auprès du pharaon.

— Je suis son fils aîné, révéla Hor, et voici le document officiel nous autorisant à pénétrer dans Héliopolis.

Encore sous l'emprise de l'indignation, le prêtre fut néanmoins obligé de s'incliner.

Quand le géant lui posa les mains sur les épaules, le maigrelet faillit s'évanouir.

Le regard de Djédi ne présageait rien de bon. De ses doigts énormes, il pouvait le broyer en un instant.

— Les documents officiels sont une chose, la justice une autre. Toi et tes trois compagnons indignes, dont je connais les noms et les malversations, quittez immédiatement cette ville et installez-vous dans les marécages du Delta. La compagnie des crocodiles, des serpents d'eau et des insectes devrait vous convenir.

— Tu... tu n'oserais pas me tuer !

Sous la pression des doigts, les omoplates commencèrent à craquer.

Le géomètre héla trois des crânes rasés.

Après s'être déchaussés et avoir quitté leur robe de lin, ils déguerpirent.

— Rejoins-les, ordonna Djédi en gratifiant le maigrelet d'un coup de pied dans le derrière qui le propulsa à plusieurs mètres.

— Des êtres indignes à Héliopolis ! s'étonna Hor. Comment est-ce possible ?

— À Héliopolis, au palais royal, partout... Ouvre les yeux, prince ! Dès que Maât occupe un espace, si petit soit-il, *Isefet* n'a de cesse d'y pénétrer afin de le détruire.

Et le vecteur de la corruption, c'est l'homme. Aussi le balai que Pharaon utilise pour effacer toute trace de pas en sortant du sanctuaire est-il l'un des objets rituels les plus importants.

Djédi, Hor et Céleste passèrent par une petite porte et se purifièrent avec l'eau d'une vasque en pierre.

Le lion vert se coucha sur le seuil.

— S'il rugit, avertit le magicien, c'est qu'un danger nous menace.

Le sanctuaire était vide et silencieux.

D'abord une cour à ciel ouvert, puis une forêt de colonnes, enfin une chapelle fermée.

Devant le portail, un vieillard tenait le sceptre servant à consacrer les offrandes.

— Te voici de retour, Djédi.

— Juste de passage, Grand Voyant.

— Ta réputation n'a cessé de grandir.

— Vanité des vanités, illusion de l'illusion ! Mon oasis me suffit.

— Tu es quand même revenu, en compagnie du fils aîné du roi et d'une prêtresse de Hathor. Pourtant, tu sais que j'ai oublié l'emplacement du coffre en silex.

— La volonté de Pharaon m'impose de le retrouver.

— N'apprécies-tu pas les joies d'une retraite heureuse ?

— Plus encore que vous ne l'imaginez ! Mais le destin ne me laisse pas le choix.

— La magie ne te permet-elle pas de le détourner ?

— Puisque vous tenez ce sceptre, vous avez l'intention de consacrer ces deux jeunes gens.

— En leur accordant la qualité d'offrande, je leur donne une chance de survie. Pour toi, en revanche, je ne peux rien faire, sinon te conseiller de renoncer

— Merci de votre aide, Grand Voyant.

Le colosse ouvrit la porte de la chapelle.

À pas comptés, il passa entre deux grandes colonnes sur lesquelles étaient inscrites les formules rituelles des premiers prêtres de Râ, la lumière divine.

Puis il emprunta un couloir de granit qui aboutissait à une petite cour.

Sur un imposant socle de pierre se dressait un obélisque trapu au pyramidion recouvert d'or. Il réfléchissait les rayons du soleil, inondant de lumière le domaine sacré.

Avec la légèreté d'un oiseau, Djédi bondit à la base de l'obélisque.

Sur sa face orientale, une courte inscription lui procura la clé qui lui manquait : « au cœur de l'océan primordial ».

Quand le géant ressortit du sanctuaire, le Grand Voyant avait disparu.

Le prince et la prêtresse se regardaient d'une curieuse manière, comme s'ils se voyaient pour la première fois.

— Suivez-moi, ordonna le magicien qui prit la direction du lac sacré.

Au-dessus de l'eau d'un bleu étincelant, des hirondelles tournoyaient.

— Les âmes des justes nous protègent, constata Djédi. Toi, Hor, va au midi et prononce les formules d'Horus. Toi, Céleste, au septentrion, celles de Hathor. Quoi qu'il arrive, n'intervenez pas.

— Pour agir, avez-vous attendu son initiation aux mystères de la déesse ? demanda le prince.

— Cesse de poser des questions inutiles et remplis ta fonction.

Hor s'adressa à Horus, le ciel lointain, symbolisé par

un faucon dont les ailes étaient à la mesure de l'univers. En se posant sur la nuque du pharaon régnant, il lui communiquait la pensée des étoiles.

Céleste invoqua Hathor, « le temple d'Horus ». la mère divine qui régulait les énergies de la résurrection.

Djédi descendit l'escalier oriental du lac sacré et disparut sous la surface.

Hor faillit se précipiter à son secours, mais il se rappela la mise en garde du magicien. Dans les yeux de Céleste, la même inquiétude. Mais elle aussi respecta les consignes du colosse.

D'après les plans d'architecte, le lac sacré d'Héliopolis n'était profond que de quelques mètres. Pourtant Djédi s'enfonça jusqu'au *noun*, bien au-delà des capacités respiratoires de n'importe quel plongeur.

À l'approche de ses cent dix ans, il n'était plus temps de prendre des précautions.

Fermant ses canaux de perception habituels, il se laissa couler au fond d'un abîme sans limites.

Au terme d'une longue immersion, il atteignit un coffre en silex qu'entourait un halo lumineux.

Sachant que le temps lui était compté, le magicien prononça une formule de puissance : *oun ro*, « ouvrir la bouche ».

Le couvercle du coffre s'ouvrit de lui-même.

À l'intérieur, un papyrus que l'eau ne mouillait pas.

Djédi le glissa dans sa tunique et, d'un puissant appel du pied, remonta vers la surface.

Quand Hor et Céleste le virent réapparaître, ils quittèrent leurs orients respectifs pour le secourir, car le colosse vacillait.

Mais il recouvra vite l'équilibre et parvint au sommet des marches.

— Vous n'êtes même pas trempé ! constata Céleste

Djédi posa le précieux document sur une dalle de cal-caire et brisa le sceau afin de le dérouler.

Une flamme jaillit du papyrus.

Les jeunes gens craignirent que le magicien n'eût été gravement brûlé.

Indemne, Djédi se consacra à une lecture attentive.

— Nous ne sommes pas sortis d'affaire, conclut-il. Les chambres de Thot sont proches d'ici mais difficiles d'accès. Que je tente d'y pénétrer, soit ; que je vous associe à cette folie, non.

— Qui s'est engagé ne renonce pas, estima Hor. Vivre avec ma propre lâcheté me serait insupportable.

— On ne saurait mieux dire, ajouta Céleste.

— Ne confondez pas courage et témérité ! Dois-je vous rappeler que votre existence est en jeu ?

— L'avenir de l'Égypte m'importe plus que mon propre futur, affirma le prince. On ne prête pas un serment, on le donne.

— La détermination du prince me ravit, déclara la jeune femme d'une voix aussi douce que ferme.

— Je vous aurai prévenus.

9

Le plateau rocheux de Guizeh avait été arasé, et l'immense surface plane appelait les monuments à naître.

Djédi s'immobilisa face à un sillon marqué de rouge.

— Quand je suis sorti sain et sauf des épreuves qui m'ont permis de devenir magicien, je me suis juré de ne plus jamais connaître de telles frayeurs. Ce que révèle ce papyrus s'annonce bien pire.

— N'êtes-vous pas de taille à vaincre l'adversité ? demanda la prêtresse avec une fausse ingénuité.

— Mésestimer l'ennemi conduirait à une défaite certaine. Et vous n'imaginez pas l'intensité des forces auxquelles nous nous heurterons.

— Si vous nous avez choisis depuis si longtemps, avança Céleste, c'est parce que vous nous estimiez capables de réussir.

— Depuis si longtemps ? s'insurgea Hor. Djédi vient juste de te rencontrer !

— Tu manques encore de lucidité, jugea la jeune femme. Ne crois-tu pas que chaque acte d'un grand magicien est calculé avec le plus grand soin ? Avant même de croiser notre chemin, Djédi savait qui nous étions et quel combat nous désirions mener.

— Est-ce la vérité ? demanda le prince au colosse.

— N'avons-nous pas des préoccupations plus urgentes ?

— Si tout est programmé, pourquoi nous inquiéter ?

— Nous arrivons au moment où rien n'est écrit. Seule notre magie commune décidera de l'avenir. Telle est l'infime part de liberté qui vous est attribuée : ou bien vous tentez d'ouvrir avec moi les portes des chambres de Thot, ou bien vous retournez à votre quotidien.

— Ne sommes-nous pas allés trop loin pour renoncer ? questionna la prêtresse.

Hor demeura silencieux.

Djédi s'accroupit et agrippa les rebords d'un long bloc qu'il souleva afin de dégager l'entrée d'un couloir en pente raide.

— Voici la bouche du monde inférieur. Pour

atteindre les chambres de Thot, nous devons passer par lui. Avant de descendre, je vous équipe avec des amulettes.

Djédi donna au prince un pilier incarnant la stabilité ; à Céleste, un œil complet. Puis il orna leurs poignets de fins bracelets composés du signe *ânkh*, «la vie», et du sceptre *ouas*, «la puissance».

— Un bon nombre de démons et de démones vous frôleront, annonça-t-il. La peur vous incitera à remonter à la surface. Surtout, continuez, sans jamais me perdre de vue. Impossible, en effet, de revenir en arrière. Il faudra traverser toutes les chambres secrètes ou périr.

Hor chancela, Céleste tint bon.

— Nous sommes trop près du but pour abdiquer, décida-t-elle.

— Comme vous voudrez, concéda Djédi. À partir de cet instant, vous ne pourrez plus renoncer. Voici maintenant l'essentiel.

Djédi remit une palette et un calame au prince et à la prêtresse.

— Le nom de la palette de Thot est «Voir et Entendre», révéla-t-il. Telle sera précisément votre mission. Pendant que j'ouvrirai les portes des chambres, notez avec précision ce que vous percevrez.

— Il manque les pains d'encre et les godets à eau, observa Hor.

— Ce calame est issu de la plante sacrée de Thot qui efface les impuretés et ne s'altère pas. Il n'a pas besoin d'encre pour graver les signes.

Hor reçut les objets avec une certaine crainte. La palette lui sembla d'une légèreté irréelle.

Céleste tenta d'écrire, sans résultat.

— Tant que vous n'aurez pas vu et entendu, le calame

restera muet, précisa Djédi. Il ne trace que la réalité cachée, pas vos pensées ou vos sentiments. Êtes-vous prêts ?

— Nous ne le serons sans doute jamais, estima la jeune femme. Autant ne plus tergiverser.

Dès que le trio s'engagea dans la bouche du monde souterrain, le lion vert se coucha près de l'orifice. Aucun mauvais génie ne surprendrait les explorateurs par-derrière.

Raide et glissante, la pente conduisait vers d'épaisses ténèbres. Djédi occupait la tête, Céleste le milieu, Hor fermait la marche.

Dans l'obscurité, le prince et la prêtresse commencèrent pourtant à voir.

Le long des murs se tenaient des génies gardiens aux visages hideux et terrifiants. L'un d'eux avait une flamme à la place de la tête, un autre un bec de vautour. Tous brandissaient de grands couteaux.

Quand Djédi prononçait leur nom, il bloquait leurs bras. Un récalcitrant abattit son arme qui frôla l'épaule du prince.

Son instinct l'incitait à remonter vers la surface, mais il ne voulait pas perdre Céleste. N'était-il pas là pour la protéger ?

La jeune femme répétait les mots de puissance émis par le magicien. Hor l'imita, et les redoutables personnages disparurent les uns après les autres.

La descente s'interrompit, la progression se poursuivit sur un sol de terre battue.

— La terre enfante dans les ténèbres fécondatrices, déclara Djédi. La butte primordiale sort de l'infini, l'île du premier matin apparaît.

Sur la palette, la main du prince traça le plan d'une

caverne dont les murs avaient été partiellement travaillés. Le plafond était assez bas. Sur la palette de la prêtresse figuraient description et dimensions.

— Voici la première chambre de Thot, révéla Djédi. Tout y est potentialité. Imprégnez-vous de cette matière première.

— Y aura-t-il d'autres gardiens aussi vindicatifs ? demanda Hor.

— Les prochains demeureront invisibles. Surtout, ne lâchez pas votre palette ! C'est le seul outil magique qui les écartera. Nous allons maintenant emprunter un couloir très étroit. Vous aurez l'impression que les parois vous déchirent les chairs. Ne vous affolez pas et grimpez sans aucune pause.

Malgré les encouragements de Djédi, Hor faillit perdre pied. L'exemple de Céleste, qui avançait sans se retourner, lui permit de surmonter sa peur.

Après un parcours interminable au cours duquel il se crut écorché vif, le prince entra dans une salle où s'unissaient le granit et le calcaire. Les blocs étaient ajustés à la perfection.

— Voici la deuxième chambre de Thot, dit Djédi. Pour l'atteindre, nous avons traversé le fleuve du temps. Contemplez la niche creusée dans le mur du fond.

Elle avait la forme d'une pyramide à cinq degrés, rappelant le monument du pharaon Djéser à Saqqara, ainsi que le sanctuaire central de la pyramide de Meidoum et les voûtes en encorbellement de celles de Dachour.

Sur les deux palettes s'inscrivirent proportions, nature des matériaux et règle de construction.

— Ici, déclara le magicien, nous rencontrons les ancêtres. Ils nous donnent à boire le fluide de l'au-delà, l'eau immatérielle de la déesse d'Occident qui accueille les justes en son sein. Écoutez sa voix, entendez le chant des pierres.

Les frayeurs oubliées, la fatigue effacée, Hor n'avait pas envie de quitter cet endroit où régnait une paix inespérée.

— Est-il vraiment nécessaire d'aller plus loin ?

— Si nous ne tentions pas de poursuivre notre route, les flots de l'oubli nous submergeraient, car nous ne serions pas dignes des ancêtres. Ils ne nous demandent pas de répéter sans conscience ce qu'ils ont accompli, mais de poursuivre leur création. Se contenter de recevoir leurs dons sans les faire fructifier reviendrait à les trahir. Aussi devons-nous continuer, sous peine d'être engloutis.

Hor quitta à regret cette salle où il avait repris tant de confiance qu'il se sentait presque invincible.

— Ne te surestime pas, conseilla Céleste.

— Déchiffrerais-tu mes émotions ?

— Dans le cas contraire, aurais-je accepté de t'accompagner ?

— Tu savais que Djédi viendrait à Memphis, n'est-ce pas ?

— J'étais seulement persuadée que la magie t'offrirait un chemin qui est aussi le mien. Grâce à elle, nous sommes ensemble.

Il l'embrassa tendrement sur le front.

— Nous pourrions nous perdre.

— Seulement si tu manques de courage et de confiance. Moi, je ne doute pas.

— À cause des révélations de la déesse Hathor ?

— Elle est le ciel, la voûte d'or et de lapis-lazuli sans laquelle nul être n'existerait. Thot ne saurait s'opposer à elle. En traversant ses chambres, nous rejoindrons l'origine.

— Nous nous sommes assez reposés, jugea Djédi. Avançons.

Hor pressentait depuis longtemps que Céleste ne ressemblait pas aux autres femmes. Mais elle se révélait encore plus exceptionnelle qu'il ne l'imaginait. Sans le magicien, certes, ils n'auraient pas survécu aux épreuves. Mais la prêtresse d'Hathor ne procurait-elle pas à Djédi une force dont il avait besoin ? Lui, le fils aîné de Khéops, n'était qu'un apprenti.

Son semblant d'assurance s'effaça quand il aperçut une immense galerie montant vers un au-delà inaccessible. Pris de vertige, il s'assit sur la première marche.

— Voici la troisième chambre de Thot, précisa Djédi. Ne tentez pas de résister au déchaînement de l'air. Serrez bien la palette contre votre cœur, la magie des signes vous évitera d'être écrasés contre les parois.

— L'ascension sera-t-elle longue ? demanda le prince.

— Peut-être n'aura-t-elle pas de fin. En ce cas, nous serons aspirés par le cosmos.

— N'est-ce pas la plus belle des destinées ? suggéra Céleste.

— Encore faut-il que le tribunal d'Osiris ne nous condamne pas à la seconde mort, précisa le colosse.

— Votre magie ne suffira-t-elle pas à convaincre les juges ?

— Magie n'est ni artifice ni tromperie. Tout dépend ce que contient le vase de votre cœur. Lourd de fautes contre Maât, il nous châtiera. Léger, il nous guidera sur les beaux chemins de l'éternité.

— Quoi qu'il en soit, rappela la jeune femme, stationner ici nous condamne.

— Prenons donc notre envol, recommanda le magicien

— De quelle manière ?

— Regardez vers le haut, vers la porte de pierre qui s'illuminera dès que votre pensée sera orientée vers elle. Puis tapez du talon, avec un maximum de vigueur.

Djédi montra l'exemple.

Avec une souplesse surprenante, vu sa taille et son poids, il s'élança dans la grande galerie.

Céleste l'imita.

Aussi gracieuse qu'une hirondelle, elle s'envola.

Pour le prince Hor, la manœuvre fut moins facile. Tellement désireux de suivre la prêtresse, il parvint néanmoins à décoller du sol, mais des bourrasques de vent menacèrent de le plaquer contre une paroi. Se souvenant des directives du magicien, il maintint la palette bien serrée contre sa poitrine et redressa sa trajectoire.

Il lui sembla que des cris de colère jaillissaient de la pierre, comme s'il violait l'espace préservé d'âmes errantes qui se révoltaient contre cette transgression. Le vacarme était si effrayant qu'il eut envie de tout lâcher pour retomber au point de départ et ne plus endurer cette souffrance.

Une fois de plus, ce fut la vision de Céleste, aérienne et lumineuse, qui l'en dissuada. Il éprouva l'intense désir de partager sa vision et de connaître le nouveau paysage qu'elle explorait.

Frigorifié, le prince atterrit sur une large marche de granit où se tenaient déjà le magicien et la prêtresse.

Djédi examina les palettes.

Sans qu'ils s'en aperçoivent, les mains des deux jeunes gens avaient tracé le plan de la grande galerie et précisé ses dimensions.

— L'épreuve de l'air s'est heureusement achevée, constata le magicien dont le visage était marqué par la fatigue. Mais la confrontation a été rude.

— Vous avez dépensé beaucoup de forces pour nous défendre, jugea Céleste.

— Les génies de l'air attaquent dans toutes les directions en même temps et changent sans cesse de stratégie. Si l'on ne s'adapte pas en permanence, ils finissent par vous briser.

C'était la première fois que le prince voyait la lassitude accabler le géant.

— Qu'y a-t-il au-delà?

— La quatrième chambre de Thot.

— Vous semblez découragé!

— Nous avons utilisé beaucoup d'énergie pour parvenir jusqu'ici. Trop, sans doute. Et il n'existe aucun moyen de nous ressourcer.

— Vous avez vous-même affirmé que nous ne pouvions pas nous arrêter en chemin.

— C'est la vérité.

— Que nous arrivera-t-il, si nous restons ici?

— Un vent furieux se lèvera et nous fracassera contre les parois de la galerie. Sa violence sera telle que ni les amulettes ni les palettes ne nous protégeront. Retourner en arrière ou stagner nous condamne à mort.

— Eh bien, continuons!

— Ce n'est guère plus réjouissant. La quatrième chambre de Thot est gardée par trois dalles de granit gigantesques. Actuellement suspendues, elles s'abattront sur nous. Il me reste assez de force pour en retenir une, mais pas les deux autres.

— Bref, nous n'avons plus qu'à choisir la meilleure façon d'être anéantis!

— Je le crains.

— À la réflexion, suggéra Céleste, ces dalles de granit ne sont que des portes et des gardiennes.

— En effet, reconnut Djédi.

— Qu'ont-elles de plus redoutable que celles déjà franchies ?

— Si rapides serions-nous, elles ne nous laisseraient aucune chance de passer.

— Ces herses portent peut-être des noms, comme les génies aux couteaux !

— Si c'est le cas, je ne les connais pas, avoua Djédi.

— Si, forcément ! Elles vous ont contraint à les oublier, mais vous les avez bel et bien prononcés afin d'accéder à la science qui vous permet de traverser le visible et de remettre en place des têtes coupées. Descendez au plus profond de votre cœur et retrouvez-les.

Le géant s'assit en scribe et, sous les yeux étonnés de Céleste et de Hor, il se transforma en lotus, sans pour autant disparaître complètement. Tout en demeurant distincts, l'homme et la plante ne formaient qu'un seul être.

Soudain, une bise fit frissonner les jeunes gens.

— Si Djédi ne revient pas très vite vers nous avec la solution, observa le prince, nous sommes perdus. Voici le début de la tempête annoncée.

Céleste affichait un calme surprenant.

— N'aurais-tu pas peur de mourir ?

— Bien sûr que si.

— D'où provient ta sérénité ?

— Du fait que nous n'avons pas le choix. Ainsi, nous sommes libres. Libres d'une liberté dont nous témoignerons devant le tribunal des divinités.

Le lotus se dissipa, le géant réapparut.

— Avez-vous réussi ? demanda Hor.

— Malheureusement non. De vagues souvenirs, rien de précis.

— Nous nous en contenterons, décida Céleste. Le vent lance ses premiers assauts, nous ne tiendrons pas longtemps.

— Essayez les trois termes les plus puissants de votre magie, recommanda le prince. Ce ne sont quand même pas ces gros cailloux qui vous résisteront !

Le trio escalada le grand degré et s'enfonça dans un couloir si bas que le géant dut baisser la tête.

Ils s'immobilisèrent en apercevant la première dalle de granit suspendue.

— Si je fonce, préconisa Hor, je suis presque sûr de passer.

— Le bloc sera plus rapide que toi.

— Essayez de le nommer, insista Céleste.

Djédi fixa la pierre menaçante.

— Tu es la vigilance, déclara Djédi, l'éveil permanent à l'esprit. Permets-nous d'avancer.

Hor voulut être le premier, le colosse le retint.

— Nous gardons notre dispositif.

La gorge serrée, le prince et la prêtresse regardèrent se plier le grand corps du magicien.

Sans se hâter, il marcha en position courbée jusqu'à la partie du couloir située au-delà de la première herse qui resta immobile.

Main dans la main, les deux jeunes gens l'imitèrent.

Au front du magicien perlaient des gouttes de sueur.

— Plus que deux, constata Céleste, optimiste.

Djédi se présenta face à la deuxième dalle.

— Tu es la persévérance, celle qui ne renonce jamais et rend durables les monuments d'éternité.

De nouveau, le magicien se courba.

De nouveau, la poutre de granit demeura immobile.

À leur tour, Hor et Céleste s'élancèrent.

— Tu es la rigueur sans laquelle rien de juste ne s'accomplit, dit le colosse à la troisième herse.

Cassé en deux, le dos à l'horizontale, il s'aventura.

Dans un grincement qui déchira les oreilles du prince, l'énorme bloc coulissa dans ses rainures et s'abattit sur Djédi.

D'un geste désespéré, le géant leva les mains et parvint à le contenir. Tendus au maximum, ses muscles ne tarderaient pas à céder.

— La rigueur ne suffit pas, murmura-t-il, presque à bout de souffle. Tu es... Tu es la rectitude, le gouvernail de l'esprit, celui qui mène le bateau de l'âme à bon port.

Devenu léger comme une plume, le bloc remonta à sa place d'origine.

Avec vivacité, les deux jeunes gens rejoignirent le magicien.

— Vous avez réussi ! s'exclama le prince.

— Remercions les dieux, recommanda Djédi. Mais nous ne sommes pas au bout du chemin.

— Qu'y aurait-il de plus redoutable ?

— Tu le sauras assez tôt. Pénétrons dans la quatrième chambre de Thot et recueillons-nous.

En se retournant, le prince constata que les trois herses avaient disparu. Ne restait qu'un couloir vide, apparemment dépourvu de danger.

— En cas d'extrême péril, nous pourrons revenir par là.

— Ne t'y risque surtout pas, recommanda Djédi. Les trois dalles s'effondreraient en même temps.

Hor oublia ses velléités en découvrant une vaste salle

encore plus belle que la précédente et construite en granit d'où émanait une douce lumière.

La main du prince courut sur la palette, inscrivant les proportions à observer : dix coudées sur vingt, à savoir le rectangle de la création, matrice des formes vivantes. Et l'écritoire de Céleste précisa la disposition des blocs, où nulle symétrie n'empêchait la circulation de la sève minérale.

La jeune femme éprouvait une étrange sensation de bien-être.

— Jamais je n'avais respiré un air comme celui-là.

— Il provient des étoiles, révéla Djédi. Deux couloirs sont creusés dans les parois : l'un, au nord, vise les circumpolaires, l'axe de l'univers autour duquel les pharaons ressuscités célèbrent un éternel banquet ; l'autre, au sud, établit le contact avec Orion, le corps céleste qui atteint le cœur de l'univers et régule ses incessantes transmutations.

Le prince s'avança vers le mur ouest, près duquel se trouvait un sarcophage de granit noir.

— Voici la barque céleste, précisa le magicien, celle qui transforme la mort en vie. Tout est parti d'elle, tout lui revient.

— Avons-nous parcouru la totalité des chambres de Thot ?

— Pas encore.

— Il règne ici tant de quiétude ! Quel danger pourrait nous menacer ?

— Cette quatrième chambre est celle du feu céleste qui permet à l'âme du roi ressuscité de briller comme l'étoile du matin. Au-dessus du plafond, il existe cinq autres chambres, tout en longueur, très étroites et superposées qui forment l'athanor alchimique d'où provient l'énergie de la pyramide. Jamais nous n'aurions dû parvenir jusqu'ici. Quand le ciel animera ce gigantesque fourneau, il ne laissera subsister rien de mortel. Telle est la fonction d'une pyramide, et c'est bien ainsi.

— Après un tel parcours, pourquoi ne pas essayer de nous introduire dans ces ultimes salles ?

— Regarde le plafond de ce sanctuaire : neuf énormes dalles le composent. Neuf pierres inaltérables. Au total, il existe neuf chambres de Thot qui abritent l'Ennéade, la confrérie des puissances créatrices sans cesse en action. Elle appartient à l'univers des divinités, pas au monde des humains. Pour nous, accéder aux cinq dernières chambres est impossible. Même la magie du verbe serait inopérante. Seul Thot est capable de nommer le Cinq caché dans ce couronnement intérieur de la pyramide. Vous avez rempli votre fonction, car les palettes révélant les plans de ce monument ne seront pas détruites par le feu. Grâce aux textes et aux descriptions, Khéops construira une nouvelle région de lumière.

— Cela signifie-t-il que nous, nous n'échapperons pas à ce feu ?

— Rien d'humain ne sera sauvé, je te le confirme.

— Dès le départ, s'insurgea Hor, vous saviez que nous ne reviendrions pas !

— Je vous avais prévenus, mais vous êtes restés sourds. Soyez persuadés, l'un et l'autre, que votre sacrifice était nécessaire. Sans vous, le plan d'œuvre serait demeuré indéchiffrable. Personne d'autre n'aurait réussi. Croyez-moi, j'aurais volontiers abandonné ma place à un autre magicien.

Le prince arpenta la salle.

— Cet endroit sera donc notre sépulture !

— Non, car il est réservé au corps osirien de Khéops.

Nous, nous serons anéantis par un feu qui ne laissera pourtant aucune trace sur les murs. Car celui qui règne dans cette pyramide est tout aussi invisible que les autres éléments dont vous avez appris à connaître la vraie nature.

— Une connaissance inutile, déplora Hor. N'existe-t-il vraiment aucun moyen de rejoindre l'extérieur ?

— Aucun.

— Et retourner en arrière est impossible... Il faut donc accepter notre sort.

— La magie ne consiste-t-elle pas à dévier ses mauvais coups ? interrogea la jeune femme.

— Ce qui nous arrive n'en est pas un, objecta le géant. Nous avons choisi cette voie et sommes allés jusqu'à son terme. En lisant les plans dans l'invisible et en les transcrivant sur les palettes de Thot, vous avez accompli votre destinée.

— La grande pyramide n'existe pas encore, rappela Céleste.

— Elle vit dans la pensée de Khéops, et nous avons effectué un voyage bien réel.

— Je n'en doute pas, mais le monument n'est pas animé ! Même s'il n'y manquait pas un seul bloc, il ne serait pas l'incarnation des chambres de Thot avant la célébration de la totalité des rites.

— Exact, reconnut le magicien.

— Par conséquent, poursuivit-elle, aucun de nos actes ne saurait nuire à l'âme royale ni profaner ces lieux.

— Toujours exact, puisque rien ne serait inscrit dans la construction.

— Alors, proposa Céleste, servons-nous des canaux et de la barque !

— De quelle manière ?

— À vous de nous l'indiquer, Djédi.

Les deux jeunes gens fixèrent le magicien.

De sa réponse dépendait leur survie.

— Il existe peut-être une possibilité, mais je ne vous garantis pas le résultat.

— Rien ne sera plus dangereux que l'itinéraire qui nous a menés jusqu'ici !

Le colosse examina l'entrée des canaux d'aération, puis le sarcophage.

Peu à peu, la température s'élevait.

— La transmutation semble commencer, marmonna-t-il. Après tout, autant tenter l'impossible. Je dois dissocier votre âme-oiseau de votre enveloppe corporelle. Toi, Hor, tu te dirigeras vers les étoiles du nord ; toi, Céleste, vers celles du sud. Les risques sont multiples. D'abord, votre âme peut s'égarer ; ensuite, être absorbée par l'immensité ; enfin, elle ne retrouvera peut-être pas le chemin de votre corps.

— Si nous restons inactifs, ne serons-nous pas brûlés vifs ? rappela le prince.

Le magicien magnétisa longuement la prêtresse, puis le prince. Il procéda à la dissociation et provoqua le départ des deux âmes-oiseaux vers le ciel.

La chaleur devenait accablante, les pierres rougissaient.

Djédi s'étendit dans le sarcophage qui s'allongea et s'élargit afin d'accueillir le géant.

Au moment où l'athanor était sur le point de fonctionner à pleine puissance, la cuve de granit se transforma en une barque qui s'élança vers les nuées.

10

La crue montait jusqu'au rebord du plateau de Guizeh. Des bateaux en provenance des carrières, les dockers déchargeaient les pierres qui serviraient à la construction de la demeure d'éternité du pharaon Khéops et les plaçaient sur des traîneaux en bois.

Aucun détail de l'organisation du chantier n'avait été laissé au hasard. Chacun des artisans, hautement qualifiés, connaissait son rôle. Tous savaient qu'ils bâtissaient une centrale d'énergie qui, selon les anciens textes, ferait mourir la mort.

L'œuvre devant débuter par le haut, la première pierre parfaitement taillée n'était autre que le pyramidion, destiné à couronner l'édifice achevé.

Maniant la massue illuminatrice, le roi s'apprêtait à la consacrer, marquant ainsi le véritable début du Grand Œuvre. Derrière lui, l'architecte en chef, muni de deux palettes d'une valeur inestimable sur lesquelles étaient gravés les plans de la grande pyramide.

La massue blanche toucha le pyramidion.

En jaillit un rayon de lumière qui se répandit, telle une vague, sur la totalité du plateau.

— La pierre a répondu, déclara le roi. Le sacrifice de trois êtres d'exception n'aura pas été vain.

★

Le lion vert grogna.

— Tu deviens insupportable, estima Djédi. Ce n'est pas encore l'heure du déjeuner ! Remarque, moi aussi, j'ai une petite faim. Bon... Parce que c'est toi, je vais nous faire servir un en-cas.

Sur le chemin de la cuisine, le magicien croisa le prince Hor, perdu dans ses pensées.

— La paix de cette oasis te convient-elle ?

— Que rêver de mieux ?

— N'étant pas un vieillard retiré du monde, tu te lasseras de rêver. Après cette indispensable période de réadaptation, tu dois maintenant regagner la Cour.

— Servir Maât, gérer l'État, assurer le bonheur de la population sont des nobles tâches, mais...

— Mais tu n'as pas envie de partir seul ! Parle à Céleste, exerce ta magie.

— Si j'échoue ?

— Aurais-tu perdu le goût du risque ?

La jeune femme était assise sous un palmier et lisait un poème vantant les charmes de la capitale des Deux Terres.

Hésitant, le prince s'approcha.

— Désires-tu t'installer ici ?

— Ma décision dépendra de la tienne, Hor.

— C'est précisément ce que je comptais te dire.

— Dois-je comprendre que...

— Tu le dois. Après les épreuves que nous avons vécues ensemble, comment pourrions-nous nous séparer ?

— À table ! clama Djédi. Pour fêter vos fiançailles et votre retour à Memphis, je vous offre un vrai banquet. Et ne vous avisez pas de grignoter. À votre âge, on digère tout.

★

Comme tous ceux qui la contemplaient, Hor et Céleste étaient émerveillés.

Revêtue d'un parement de calcaire blanc qui reflétait

la lumière, la grande pyramide de Khéops reliait le ciel à la terre. Elle affirmait la réalité d'une royauté spirituelle dont le pharaon était le représentant parmi les hommes.

En suivant scrupuleusement les plans rapportés de l'autre côté du réel, lors de l'exploration des chambres secrètes de Thot, les architectes avaient créé un chef-d'œuvre qui fatiguerait le temps.

Les deux jeunes gens avaient conscience de vivre un âge d'or. À la différence du *ka* de la pyramide, lui ne serait pas éternel. Aussi en savouraient-ils chaque journée.

— En tant que nouvel archiviste en chef, dit le prince à la prêtresse, je suis chargé de mettre en lieu sûr les deux palettes sur lesquelles nous avons inscrit les révélations de l'invisible. Quel endroit me conseilles-tu ?

— Pourquoi pas la pyramide elle-même ?

— L'accord du roi m'est nécessaire.

Alors qu'il se rendait au palais avec les deux précieuses reliques, Hor s'aperçut qu'elles étaient redevenues vierges.

★

Confortablement installé dans son monumental fauteuil, Djédi buvait du vin frais et caressait la crinière de son lion.

— Pour toi comme pour moi, mon vieil ami, le moment du grand départ approche. J'espère que le nombre de nos bonnes actions sera plus élevé que celui des mauvaises, face au tribunal divin ! En tout cas, cette existence n'aura pas manqué de sel. Voir naître la grande pyramide, ne fut-ce pas un privilège exceptionnel ? Mais l'ennui, avec les humains, c'est qu'ils sont bavards et inconséquents. Un jour, ils prendront ce monument pour un tombeau, voire même pour un simple amas de pierres. C'est pourquoi il fallait effacer la trace des chambres secrètes de Thot. Si des aventuriers de l'esprit perçoivent leur existence, ils n'auront qu'à redécouvrir le chemin que nous avons tracé.

D'un grognement de satisfaction, le lion approuva.

Baigné de la douce lumière du couchant, le magicien se resservit une coupe de vin.

Première parution : Le Grand Livre du Mois, 2003.

LE PRIEUR

Le temps passe, mais pas partout.

Ici, dans le désert où j'habite un ermitage en pierres sèches, ce sont les humains qui passent et disparaissent.

Même s'il existe des imitations plus ou moins réussies, le soleil ne se lève véritablement que sur ces pyramides taillées par la chaleur, le gel et le vent. Jusqu'à son coucher, il parcourt la durée de l'éternité et franchit, au cœur de la nuit, les étapes de la résurrection. La vie prend alors son bon sens.

Hier, aujourd'hui et demain deviennent identiques, à la lisière du visible et de l'invisible.

Puisque l'existence m'a souri, sans oublier de me faire pleurer, je lui devais un adieu paisible. Là-bas, on me cherche partout, mais on m'oubliera bientôt. Face au silence et à la solitude, je me souviens peu à peu de l'essentiel. Dépouillé de vêtements inutiles, libéré de liens artificiels, je commence à voir et à entendre. Le corps s'apaise, l'âme se reconstruit, l'esprit s'ouvre.

Mes prières ne s'adressent ni à Dieu ni aux hommes. Elles célèbrent le mystère, vénèrent la lumière et servent de chemin, parmi tant d'autres, aux pensées qui font mourir la mort et naître un regard.

On m'a dûment averti de la difficulté, presque insurmontable, d'assumer la fonction de prieur, et je n'ai pas pris à la légère cette mise en garde. Néanmoins, l'heure me paraissait propice pour faire face à la Présence.

Son amplitude me surprend davantage chaque jour. Elle se révèle dans le murmure des vents, le déplacement des dunes, la puissance du soleil, le vol du faucon. Elle s'accomplit au couchant et se régénère dans les ténèbres afin de s'offrir sans compter.

En tant que prieur, je suis chargé de l'observer. Et cette tâche, qui réclame vigilance et persévérance, sert peut-être à préserver une forme de vie sans laquelle l'air deviendrait irrespirable. Point n'est besoin d'espérer pour entreprendre ni de réussir pour persévérer. J'accomplis mon devoir, advienne que pourra.

Prononcer des mots me paraît vain s'ils ne contiennent pas cette Présence. En gaspillant la parole, les humains la vident de sa force. C'est pourquoi un prieur se ressource au silence d'où naît le Verbe, à ce silence si particulier d'un désert que les anciens voyants avaient transformé en sanctuaire.

Aucun gouvernement ne s'en préoccupe, aucun scientifique ne l'étudie, aucun organe d'information ne s'y intéresse, et c'est sans doute mieux ainsi.

En demeurant inconnu, à l'écart de toute agitation, un prieur ne connaît plus le moindre repos. Et ses oraisons dansent sur les vagues du temps, rappelant sans cesse la règle de l'âge d'or, lorsque le crocodile ne mordait pas et que l'épine ne piquait pas.

LA VALLÉE DES TAMARIS

La Vallée des tamaris était toute proche.

Oubliant la route défoncée, la conduite redoutable du chauffeur et les risques d'attentat, je vivais l'accomplissement d'un rêve.

La Vallée des tamaris... Le nom de ce lieu sacré me hantait depuis que je l'avais découvert en préparant une mission sur le site de Tounah el-Gebel, en Moyenne Égypte. Bien sûr, l'étude de la documentation archéologique ne laissait subsister aucun espoir sur la préservation des monuments anciens, mais je ne m'attendais pas à un tel désastre.

De l'immense temple de Thot, le dieu de la connaissance, le patron des scribes, il ne restait rien. Et la Vallée des tamaris avait sombré dans le néant. Pis encore, le paysage lui-même semblait abandonné, voué à un oubli douloureux. Même la magie des palmiers ne parvenait pas à atténuer la tristesse imprégnant chaque parcelle de cette terre martyrisée.

Barbares, vandales et fanatiques savaient à qui s'attaquer en priorité : Thot, le messager de la lumière, le transmetteur des paroles de puissance, l'auteur des livres permettant de bâtir une civilisation et une société sur le socle de la connaissance et non sur les sables mouvants de la croyance.

Toutes les pierres sculptées avec amour avaient été calcinées dans les fours à chaux. Disparues, les scènes rituelles célébrant la communion en esprit de Pharaon avec les divinités ; disparus, les textes à prononcer chaque jour pour mettre au présent « la première fois », la création de la vie.

Les maigres vestiges d'une chapelle servaient de toilettes municipales. Perché sur un monticule de détritus, le garde officiel, armé d'un fusil, me regarda d'un mauvais œil alors que je m'aventurais dans l'unique rue d'un village bordée de masures. Erraient des fantômes vêtus de noir et des enfants sales.

— Pas par là ! cria le garde.

Comme elle était loin, l'Égypte des nobles dames aux parfums subtils et aux robes colorées, le pays aux villages coquets dont les maisons blanches s'abritaient à l'ombre des palmeraies, la terre aimée des dieux et couverte de temples célébrant l'union du visible et de l'invisible !

Un gamin lança une pierre et me rata de peu. Le garde et deux policiers m'encadrèrent. Furieux, le gamin visa une vieille chienne boiteuse et ne la rata pas. Ses couinements de douleur n'émurent que moi.

— Pas par là, ils n'ont pas l'habitude des étrangers.

Mes pas me portèrent vers l'étrange tombeau de Pétosiris, grand prêtre de Thot à la veille de la conquête de l'Égypte par Alexandre le Grand. Pétosiris le Sage avait transmis les « paroles de Dieu », les hiéroglyphes que Thot faisait passer d'initié en initié. Certaines scènes de sa chapelle d'éternité tentaient d'allier les styles grec et égyptien, comme si cette union contre nature et sans lendemain avait sauvé ce qui ne pouvait plus l'être. Mais les plus importantes préservaient le génie ancien et conduisaient sur le chemin de la vie, en direction du Bel Occident qui accueillait l'âme des justes.

Le soleil commençait à se coucher. L'air était d'une douceur et d'une pureté presque surnaturelles. Je sortis du tombeau et me dirigeai vers le désert. Face au couchant, je m'assis sur le flanc d'une dune.

Alors se produisit un miracle. Des chiens errants s'approchèrent et s'assirent tour à tour, respectant le silence sacré qui venait de recouvrir le site. Les policiers eux-mêmes se turent et semblèrent entrer en méditation. Seul existait l'immense disque rouge orangé qui absorbait le ciel. Plus aucun bruit profane n'empêchait la voix des ancêtres de vibrer dans le crépuscule.

Alors, je vis la Vallée des tamaris, le temple de Thot, les prêtres et les prêtresses vêtus de lin blanc se diriger vers le sanctuaire pour y célébrer les rites. En ce moment d'une paix ineffable, les derniers rayons recouvraient d'or les pierres vivantes.

TABLE

TABLE

ŒUVRES DE CHRISTIAN JACQ

Romans

L'Affaire Toutankhamon, Grasset (Prix des Maisons de la Presse).
Barrage sur le Nil, Robert Laffont.
Champollion l'Égyptien, éditions XO.
L'Empire du pape blanc (épuisé).
Le Juge d'Égypte, Plon :
    * *La Pyramide assassinée.*
    ** *La Loi du désert.*
    *** *La Justice du vizir.*
Maître Hiram et le roi Salomon, éditions XO.
Le Moine et le Vénérable, Robert Laffont.
Les Mystères d'Osiris, éditions XO :
    * *L'Arbre de vie.*
    ** *La Conspiration du Mal.*
    *** *Le Chemin de feu.*
    **** *Le Grand Secret.*
Le Pharaon noir, Robert Laffont.

Ouvrages pour la jeunesse

Essais sur l'Égypte ancienne

Les Égyptiennes, portraits de femmes de l'Égypte pharaonique, Perrin.

L'Enseignement du sage égyptien Ptah-Hotep, le plus ancien livre du monde, Éditions de la Maison de Vie.

Initiation à l'Égypte ancienne, Éditions de la Maison de Vie.

Le Monde magique de l'Égypte ancienne, éditions XO.

Néfertiti et Akhénaton, le couple solaire, Perrin.

Le Petit Champollion illustré, Robert Laffont.

Pouvoir et Sagesse selon l'Égypte ancienne, éditions XO.

Préface à : *Champollion, grammaire égyptienne*, Actes Sud.

Préface et commentaires à : *Champollion, textes fondamentaux sur l'Égypte ancienne*, Éditions de la Maison de Vie.

Rubrique « Archéologie égyptienne », dans le *Grand Dictionnaire encyclopédique*, Larousse.

Rubrique « L'Égypte pharaonique », dans le *Dictionnaire critique de l'ésotérisme*, Presses universitaires de France.

La Sagesse vivante de l'Égypte ancienne, Robert Laffont.

La Tradition primordiale de l'Égypte ancienne selon les Textes des Pyramides, Grasset.

La Vallée des Rois, histoire et découverte d'une demeure d'éternité, Perrin.

Le Voyage dans l'autre monde selon l'Égypte ancienne, éditions XO (à paraître).

Voyage dans l'Égypte des pharaons, Perrin.

Autres essais

La Franc-maçonnerie, histoire et initiation, Robert Laffont.

Le Livre des Deux Chemins, symbolique du Puy-en-Velay (épuisé).

Le Message initiatique des cathédrales, Éditions de la Maison de Vie.

Saint-Bertrand-de-Comminges (épuisé).
Saint-Just-de-Valcabrère (épuisé).
Trois Voyages initiatiques, éditions XO :
    * *La Confrérie des Sages du Nord.*
    * *Le Message des constructeurs de cathédrales.*
    * *Le Voyage initiatique ou Les trente-trois degrés de la
    Sagesse.*

Albums illustrés

Karnak et Louxor, Pygmalion.
Sur les pas de Champollion, l'Égypte des hiéroglyphes
    (épuisé).
La Vallée des Rois, images et mystères, Perrin.
Le Voyage aux pyramides (épuisé).
Le Voyage sur le Nil (épuisé).

Achevé d'imprimer sur les presses de

BUSSIÈRE

GROUPE CPI

à Saint-Amand-Montrond (Cher)
en février 2005

Mise en pages : Bussière

N° d'édition : 844/02. — N° d'impression : 050597/4.
Dépôt légal : janvier 2005.

Imprimé en France